Q版特工28

梁科慶

Q版特工28　裂島

作者／梁科慶
總編輯／馬鎮梅
責任編輯／王心靈
協力編輯／廖迎祺　楊碧瑤
美術設計／blacktony
出版發行／突破出版社
香港沙田亞公角山路33號突破青年村
電話：2632 0000　傳真：2632 0388
電郵：breakthrough@breakthrough.org.hk
網址：http://www.breakthrough.org.hk
http://www.btproduct.com
承印／陽光印刷製本廠
2012年3月初版1刷

Ah Wing, the Secret Agent 28: Hidden Bomb

by Leung For-hing
First Printing, First Edition, March 2012

ISBN 978-988-8073-57-3

誠邀閣下就突破出版社的書籍發表意見。
請登上 www.btproduct.com/book，在「讀者回應卡」頁面內填寫。謝謝。
歡迎加入突破書籍 Facebook — http://www.facebook.com/btbooks

飛翔專號

目錄

序 1：青春的節奏

黃慶雲
著名兒童文學作家

《裂島》出版了，這是令人振奮的事！

它是現代青少年精神上的健康營養品！

青少年朝氣勃勃，處在stay foolish，stay hungry，求知若渴的階段，不是謙卑，而是進取，狀態之勇，速度之快，真使人覺得「後生可畏」！

他們像羽翼剛剛長成，蓄勢待發的一羣飛鳥，怎樣的讀物才能滿足他們的要求，使之自強不息，達到羽毛豐滿，一飛沖天呢？

首先，必須擴闊視野，充實知識和見聞，然後才能心胸開拓，抉擇明智。

許多知識，不是獃在家裏或坐在教室內便可得來的。

「Q版特工」以前的各集，都是帶着讀者超越時空，跨越國界去觀察和感受。內容則涉及歷史、文化、核危險、環保、民族仇恨各方面……

這一集則是涉足台灣，讓讀者了解寶島之所以為寶島。從歷史、人物、背景、政治、經濟、社會民生等各方面，尤其是「台獨」這個問題，它既是客觀存在，而幾乎近年本地的流行青少年讀物都沒有反映過或出現過的。

書中沒有任何提示，只是提供資訊，讓讀者去體味和思考。不過，裏面也隱隱約約地貫徹着一條「紅線」—— 明天會更好。人們的博愛和智慧充分發揮，理想的人間終會達到的。

特別叫人注意的是這本書的創作手法，那明快的節奏和事件是瞬刻萬變。

從第一頁開始，它就像一部 3D電影，劇情緊張吸引，使你不能一刻放下來，要一口氣把它讀完。而它的用語，又是符合青少年的閱讀水平和興趣，題材重大而深入淺出，問題複雜而啟發無限。

這就是青春的節奏，這就是時代的節奏！

序 2：書迷奇遇記

梁嘉男
梁科慶書迷會主席

崔以亞是一名特工，隸屬一個由三十八個政府協議產生的組織。

《裂島》透露了特工組織的一個秘密：「利比亞臨時政府剛加入了該組織。」為此，組織派出崔以亞調查梁科慶如何取得這道機密消息。

崔以亞在Facebook找到了「梁科慶書迷會」的專頁，並決定先向主席梁嘉男打聽消息，以免驚動梁科慶。

這天，崔以亞跟蹤梁嘉男，看到他把一套二十七冊的「Q版特工」小說放在自修室的桌上，埋頭寫字。他走上前，坐下問道：「兄台，你是『Q版特工』的書迷？」

梁嘉男洋洋得意地回答：「不只是書迷，我更是『梁科慶書迷會』主席 。」

「失敬！失敬！為什麼你會喜歡梁科慶的作品呢？」

「最初認識『Q版特工』時，我只是初中生，又是初信耶穌。『Q版特工』的前期作品有很強的教導性，給了我很多知識；讀中期的作品時，我是高中生。『Q版特工』不再教導我，而是開拓我的眼光，讓我自行思考。其中一個很大的轉變是，『Q版特工』讓我不再討厭新詩，甚至對新詩生出了好感。而近期的作品是我最有共鳴的，也許是因為我長大了，對人生體會多了，也就對『Q版特工』的體會深了。」

「我聽本地中學中文老師說：『Q版特工』是給小朋友看的；青少年應閱讀備受推崇的金庸小說。」

「金庸小說的確是傑出的作品，但對一大羣閱讀能力和興趣俱無的青少年來說，是『虛不受補』的。金庸小說以古代為背景，可能難以引起他們的共鳴，而小說的信息表達較含蓄，亦非他們能理解。相比之下，梁科慶的作品能透過適合青少年口味的文學手法傳達健康正面的人生觀，對本港青少年的文化有很大的正面影響。我們這年代的年輕人需要屬於我們的閱讀文化，需要一位能代表我們的作家。作為一位立志投身教育界的補習老師，我會把『Q版特工』用作教材，訓練學生的閱讀能力 。」

「『Q版特工』哪有資格做教材？這套小說有很多負面的元素，例如《挪亞方舟》中，阿Wing吸煙；《不是任務》及《裂島》中，阿Wing歧視女性的外表；另一方面，作品的原創性不足，《葬祕》中處理墳墓第一個難關和電影《聖戰奇兵》類同；最為讀者所不滿的是《奪命潛航》金大芝殺鱷魚的手法，與《射鵰英雄傳》情節相似 。」

梁嘉男想了一想，答道：「的確，阿Wing不是道德上的聖人。《幻見》中，他受吸血鬼迷惑 ；《毒匣》中，他因怒氣而濫用私刑；感情上，他未能專一地愛R，心裏掛念死去的真生。但這又何妨呢？具真實感的小說自然有人性化的主角。重點是，『Q版特工』高舉的不是阿Wing，是耶穌——就是那位在黑島擊敗魔鬼；讓真生無懼死亡、在《迷城毒蹤》以冰雹擊打毒販；提示阿Wing從吸血鬼的謊言中清醒過來的救主。另一方面，參考前人的意念轉化而融入作品乃正常不過的事，而且梁先生並非搬字過紙，他在某些場面加插我們熟悉的人物、武功及情節，增加小說的趣味和親切感，當然如早期的作品《奪命潛航》，也可見當年轉化融入的功力未夠成熟之處。作為書迷會主席，我不會盲目地說『Q版特工』天衣無縫，但我肯定整個系列是原創而獨特的。」

崔以亞自知辯不過梁嘉男，便扯開話題：「咦，你在這兒寫什麼？閱讀報告？」

「我在寫《裂島》的序文。剛剛寫好了，不過現在我決定放棄這篇稿，送給你吧！」

梁嘉男把稿件留在桌上，抱着二十七本「Q版特工」轉身走了。看來崔以亞不是普通人，因為他知道《裂島》（一本還未出版的書）的內容，於是梁嘉男決定用遇上崔以亞的經歷，重寫一篇《裂島》的序文。

崔以亞拿起桌上的稿件一看：

評「Q版特工」系列小說的發展

《極度任務》至
《誤闖間諜網》

這些前期作品，主要是按一個主題，以歷奇小說的方式，透過阿Wing向姐姐請教意見，來向讀者分享作者對信仰、社會、時事、道德的看法。有精彩的情節，也有啟發性，是優秀的作品。

《太空殺人真菌》
《魔法陷阱》
《北韓危機》
《奪命潛航》

這四集為「Q版特工」層次的提升作了充足的準備。自此，「Q版特工」不再是一集一集獨立的故事，而是一個連續，一個現在進行式的故事。這樣，人物的魅力不再受集數限制，角色可以走進下一集，繼續發揮光芒。

《再見真生》
《諜變密令》

這兩集完美地善用前四集的伏線，把阿Wing對真生的愛，對金大芝的恨，及阿漆的義，發揮得淋漓盡致。這樣「Q版特工」到達了第一個高峯，在讀者心中留下了烙印。

《反恐狙擊912》

本書開頭有一個非常關鍵的信息：「『Q版特工』重新出發」。第一部長篇《挪亞方舟》從阿Wing的家較近舊機場寫起，而《反恐》則由他的家較近新機場的家開始；另一方面，阿Wing重歸組織，又與早期作品的角色霍斯和丹娜重遇。的確，《反恐》之後，這系列開始轉型，是闖過高峯以後再開出另一片新天地。其中一點很明顯，「Q版特工」不再靠姐姐硬生生地講《聖經》來表達觀點，作者的觀點已不着痕迹地融入故事。因為基督教信仰不只是背《聖經》，而是投入全人成長的旅程。

《M殺令》
《幽靈直線》

這兩集是從《再見真生》和《諜變》的高峯再作蹤向突破，證明了《反恐》的確另闢門徑。M和R分別由配角變成主角：M由糊塗的上司變成深藏不露的高人；R由近似男性的成就型上司變成有情緒病的女人。這兩集告訴讀者：「Q版特工」沒有框框，是一套自由開放的小說。

《生死X緣》

嘉薰醫生的出現把「Q版特工」推上第二個高峯，令故事變得豐富多元。「辣手毒魔」金大芝年輕時竟是一個孝順、可愛的大學女生，也是嘉薰醫生的情人。阿Wing、嘉薰醫生、金大芝、雯、R、真生及金英等人的關係錯綜複雜。金大芝面對自己受過的傷害、犯過的錯和愛過的人，竟也心軟了，救了她切恨的阿Wing。本書是震撼人心的作品，為「Q版特工」系列之冠。

《葬祕》
《暗幕》

這兩集都是以第三人稱寫成的，這樣作品便不再受阿Wing的眼光限制。真生、露絲、阿漆等人輪流出場，親身講述他們的故事；甚至充當客串身分的阿莫和高文都有新發揮，成為後續情節的關鍵人物。

《隱市狂徒》

本書又作了另一突破。過去都從阿Wing等正派角色的角度述事，《隱市》主要採用「千面人」這反派角色的觀點書寫，給了讀者很大的新鮮感 。本書保留了過去峯迴路轉的特色，而嘉薰醫生這角色更帶來專業的法證和推理，成就了一場完美的合作 。

《幻見》
《毒匣》

這兩集故事的焦點，從阿Wing和敵人的周旋轉到他內心的戰場。因着對真生的掛念，阿Wing瘋狂了。他貪戀在虛擬世界的真生，痛恨害過真生的人；那種貪戀，那種痛恨容易蠶食心靈。阿Wing日後如何治服己心是讀者萬分期待的情節。真生雖死，但透過電腦檔案、全息系統或筆記本，相信會繼續在故事出現，因為真生是女主角，「Q版特工」永遠的女主角。

崔以亞向上司呈報調查結果，卻遭到對方破口大罵：「你有用腦嗎？這種讀書報告，中學生也會寫。我叫你調查的是梁科慶寫『Q版特工』的資料來源！」

碰了一鼻子的灰，崔以亞又惱又恨，不由作了一個決定——他要活捉梁科慶！

這天，崔以亞跟蹤梁科慶至後街，急躁地拔出長劍，想用武力解決！這時，一個五元硬幣忽地飛出，打下崔以亞的長劍。

梁科慶沒有回頭，只是繼續前行，並唸出一首崔以亞聽不懂的新詩。五元硬幣和新詩，難道梁科慶就是……

/緝兇令

台南追緝國際毒販，

特工情侶雙劍合璧，流連地痞酒吧，

充當被獵之「艷」！

1

侍應端來一杯Gibson和一盤雜果仁，連同賬單，一併擺在R面前，然後端立不動，用一雙瞇細眼睛，盯着R的側臉。

R打開Gucci手袋，用兩根指頭拈起一張深啡色的鈔票。戴在中指上的鑽戒閃爍着光芒。她把鈔票放在侍應的托盤之上，沒瞧他一眼。

「謝謝。」侍應滿意地退開。

R拎起高腳酒杯，淺嚐一口Gibson金黃色的酒液，在杯邊留下一片清晰、誘人的紅唇印。Gibson由杜松子酒和苦艾酒調成，杯底放小量檸檬皮、Cocktail Onion，味道與馬天尼相近，喝起來，更覺清爽。不過，R並非為了品酒而來。她放下酒杯，再從手袋裏掏出金色的Dunhill火機和黑色包裝的YSL香煙盒，取了一根香煙，「鈞」的打開打火機蓋子，燃着，輕吮一口，便把香煙擱在玻璃煙灰缸上，靠着椅背，把右腿蹺搭左腿之上，在雜果仁裏挑了一顆開心果，拋進口中，慢慢咀嚼，不經意地瞥一眼手錶——

現在是晚上九時零七分。

從R身上的Amanda深灰色單扣七分袖西裝外套、打褶銀扣中窄裙、三吋半Prada高跟鞋的打扮，加上舉止、神態，容易讓人聯想到一個遭朋友爽約又不想歸家的寂寞OL獃在這間欠缺品味的酒吧裏消磨時間或者等待合眼緣的男人搭訕。

YSL香煙正一分一分地自我毀滅，化成向上升的白煙、向下掉的灰燼。周遭，正在kill time的無聊酒客，同樣在一分一分地虛耗光陰。

除了點煙的一剎那，R再沒碰香煙一下，它的功能跟旁邊的Gibson相同，只為在煙頭上遺留紅唇印記。紅色唇印對全心獵艷的男人而言，簡直是誘惑的象徵，就像獵人在陷阱周圍灑的雞血，專為引誘食肉獸而設。

來了，杯和煙才放下不久，就有一頭獵物來了。

那是個身穿Lanvin休閒西裝的男人，年紀不到四十，一頭短髮用髮泥攏起，露出飽滿油亮的前額。他經過R桌邊，忽然想起什麼似的停住腳步，考慮片刻，便以左腳作軸心，故作瀟灑地轉身一百八十度，轉回R的桌前，招呼道：「嗨，如果我沒記錯的話，你是……Lisa…… 的朋友，叫……」

「我不認識Lisa，你似乎搞錯了。」R報以淺淺一笑，否定認識Lisa，卻沒否決繼續交談的可能。

「對，對，對。」男人用食指抵住太陽穴，「你是那間…… 什麼公司的，我們上次在酒會碰過杯。」

「捷運物流。我是Elisa。」

「正是呢！ Elisa，你的上司好嗎？」

「他？不錯呀，剛簽了一份七位數字的合約。」

「他一向能幹。」

「他愈能幹，我們做下屬的，加班愈多，工作壓力也愈大。」

「工作就是這樣。下班來這裏喝喝酒，聊聊天，減壓最佳。」男人乾脆坐在R對面，「怎麼只有你一人？」

「朋友臨時加班。」

「噢，同病相憐，我也被朋友放鴿子。都市人，忙起來都是不分晝夜的。」

「可不是。」R扁扁嘴巴。

「你這杯……是Gibson吧。看來味道不錯，我也來一杯。」他盯着杯邊的紅唇印，「噠」的擦響拇指和中指，「Waiter，也給我一杯Gibson。」

R選了一顆杏仁。

「哎，真不好意思。」男人誇張地拍一下前額，「我真唐突，你不介意我坐下吧？」

R把杏仁放進口裏，嘴角微微帶笑而不置可否。

「哈！今早有一件趣事，關於我新聘的女祕書的。」男人儘量保持話題，避免出現尷尬的dead air，「她上班個多月了，天天準時，今早卻出奇地遲到半小時，我便向她問個究竟。她答，我早上出門時被一個男人跟蹤。我就奇怪了，被跟蹤應該走得更快吧。她答，我怕走得太快，他跟不上。哈哈……」男人笑得前仰後合。類似的冷笑話，他大概一晚說幾個，已毫無新鮮感，虧他還能笑得如此開懷。

R手托着腮，勉強陪着笑幾聲，顯得欣賞他的「幽默」。

侍應送來另一杯Gibson。

男人爽快付錢，拎起酒杯，笑道：「還有另一個笑話，主角是我同事的女祕書。她一向暗戀我的同事，一天將近下班，我的同事問她，今晚有空嗎？女祕書滿心歡喜地答，有空有空。他卻一臉嚴肅地說，那麼今晚好好睡一覺，免得明早遲到。哈哈……」

R突然收起笑容，嚴肅地說：「林孝忠，我勸你不要在這裏虛耗光陰了，早些回家陪伴妻兒吧。」

男人把酒杯遞到唇邊，一時反應不過來。

「你的兒子剛上小學，還未適應新的學習環境，你要多多關心他；你的妻子感冒初愈，身體虛弱，你要分擔一下家務。」

「你到底……是什麼人？」男人慌了，手一抖就把酒濺到身上，「你有什麼……企圖？」

「我對你沒一點企圖。你回不回家與我無關。聽着，拿起你的酒杯給我滾得遠遠的！」R的聲音雖輕，但語氣重，神情冷傲。

男人獵艷不成，反被R數落一番，真是一敗塗地，又不知R是何方神聖，不敢逗留，匆匆離座，把Gibson遺留在吧枱上，帶着一個疑問走出「貓頭鷹」酒吧——

這個陌生女子怎知道自己的姓名、家庭狀況？

也許，他還憂慮R打算綁架勒索，聽說，今早就有一雙小姊弟在上學路上被人擄去，小姊弟的爸爸還是應屆的立法委員候選人。街坊懷疑綁架與總統選舉黑幕有關，但他只是普通人一個，又不是富二代，更無意參選，綁匪沒理由打他主意吧？

他的疑問，其實不難解答。

關鍵在於R的YSL香煙盒。

煙盒底部暗藏微型鏡頭，R把煙盒斜斜地擱在桌面的打火機上，鏡頭對準對面的座位。坐在附近的我，無線遙控鏡頭，調校焦距和角度，為林孝忠拍下一幅清楚的「大頭相」，再將影像檔案傳回基地。露絲啟動容貌辨識系統，利用超級電腦連接國際刑警的恐怖分子資料庫、CIA的全球通緝犯資料庫、MI6的跨國毒犯資料庫、國安局的華人幫會資料庫等等，核對一遍，一無所獲。最後在台灣的出入境機關，檢索到相符合的個人記錄，便以此作起點，登入相關機構的電腦系統，找到他的姓名、地址、家庭狀況、就業情況。

林孝忠現年三十七歲，早年畢業於淡江大學會計系，現於高雄市一間食品公司任職銷售經理，屬中產一族，有屋有車有妻有子有狗，身家清白，不是我們的目標人物。

當R透過塞在耳孔的通訊器，收到我的簡報，立即變臉，把林孝忠攆走。

剛打發了林孝忠，另一頭「食肉獸」旋即補上。不知是R冷豔迷人，還是這處的男人習慣飛擒大咬？

這男人五十過外，頭髮稀薄，臉圓眼細鼻大唇厚，手粗腳短，O形腿，中央肥胖，腰圍至少四十吋。不過，明顯的特徵不是肥胖，而是金光燦燦，他胸前掛着一條粗若拇指的金項鍊，右耳穿金環，左腕戴金錶，口袋插金筆，咧嘴傻笑時還露出三顆金牙。

癩蛤蟆想吃天鵝肉。

作為男性，瞧他這副德性已叫我反胃。太為難R了！她一定想吐。

「小妞兒，賞臉乾一杯。」男人捎着一瓶金牌拔蘭地和兩個空杯子，一屁股落在林孝忠先前的座位。

「酒太烈，我怕醉。」

「怕什麼！酒醉三分醒，半醉半醒，飄飄然的，才夠開心，才夠過癮。」男人滿滿地斟了兩杯酒，「來，我先飲為敬。」

這酒吧的燈光雖沒什麼格調，但照明充足，只需略為調校YSL煙盒的隱閉鏡頭，便能清楚攝得男人的容貌。

但見他放開喉頭，骨碌骨碌的把半杯拔蘭地灌下肚裏，另外半杯，由於飲得太急，從嘴角溢出，沿下巴滴落，弄濕胸膛大片衣襟。

「好，好酒量，夠豪氣。」R敷衍地拍幾下手掌。

「輪到你了！」男人一面用衣袖擦嘴，一面把另一杯酒推到R眼前。

「好事成雙啊！你多乾一杯，先拿個彩頭。」R把酒杯推回去。

「也好。我聽你的，再乾一杯。」男人一拍大腿，抓起酒杯，仰頭便吞。

R壓低嗓子問：「阿Wing，有結果嗎？」

「差不多了。」我速讀筆記本電腦屏幕上露絲傳來的資料。

這酒吧的室內裝潢毫無特色可言，對我來說，卻有一可取之處，乃隱閉角落甚多——我所處的位置，左側是屏風，後方是牆壁，前面放了一列橡木酒桶，別人要接近我，先得繞過那列酒桶，所以旁人以為我喝酒、上網，沒有人知道我在搞情報工作。

「第二杯我也乾了，該你啦。」

「大哥，光喝酒不夠刺激。我們猜枚，輸的罰喝酒。」

「哈，有意思，那得看看你的本領……」

「有結果了。」我慌忙通報，「總的一句，金牙佬不是目標人物。」

「且住。」R放下準備猜枚的雙手。

「什麼？」

「我要上廁所，你要跟着來嗎？」

「嘻嘻，奉陪。」男人一臉無恥。

R板着臉孔站起來，徐徐望洗手間走去。

男人搓着雙手，面露獰笑，緊跟在R身後。唉！這不知死活的傢伙真可憐，我為你祈禱，但願你不會傷得太重。阿們。

有人走近，我黑掉電腦屏幕。

來者是個看來約三十歲身材豐滿的女人，穿着一襲紫藍色的deep V長裙，外披白色小毛衣，指甲塗上亮麗的鮮紅甲油，顏色跟唇膏一樣，像吃完番茄沒洗手、沒擦嘴。未見其人，廉價香水的氣味先至，直教我想打噴噫。

「嗨，帥哥，請我喝杯酒喔，可以嗎？」一把林志玲式的娃娃聲，勾魂蝕骨。稍欠定力，勢必中招。

趁她的屁股還未觸及我身旁的椅子，我趕緊制止，道：「滾，我對豬排沒興趣！」

「嗄？」她待要曲身坐下，被我斬釘截鐵的一喝，硬生生地愣住了。

「滾蛋——豬排——」

「哼！」她自討沒趣，撅起嘴巴，頓足走開。

好險！R向來小心眼，若看見這妖艷女子前來勾搭糾纏，我還有命麼？況且，我有任務在身，要集中精神，不能讓不相干的人打岔。

什麼任務？

追捕販毒集團的首腦人物坤嫂。

2

阿莫根據一段坤嫂與香港下屬的網上視像會議記錄，追查到坤嫂的訊息經一個位於高雄市的「路由器」發出，我和R馬上飛往高雄；可惜，還是晚了一步，人去樓空，四壁空牆中央，只剩一台沒硬盤的空殼電腦。坤嫂向我們示威，暗示地方是找對了，但她的動作比我們更快。

我們翻查物業記錄，登記業主是一間名為「奇妙」的空殼公司，公司的老闆叫莫明，沒辦事處，沒電話號碼，只有一個yahoo電郵，資料不詳。真箇莫名其妙。台灣的警政部門，對我們這種由香港來的特工素有戒心，我惟有託一位不沾毒品生意的江湖朋友打聽莫明的下落。由於時間倉卒，查到的資料極為有限，莫明住在什麼地方？「奇妙」做什麼生意？全沒頭緒，只知此人是個中年單身漢，週五晚上有時會前來這間「貓頭鷹」酒吧獵艷。於是，我和R便來了。

R獨自從洗手間出來，一如所料，金牙佬沒有再跟在身後，不知他在裏面斷手還是斷腳？仍是那句，但願他不會傷得太重。

「Hi，帥哥。」又一人過來，這次是個男的。

R經過先前的座位，沒停下，筆直地走向大門口。

「你是從香港來的？你們香港人跟台灣人一樣稱醜女作『豬排』…… 嘻嘻……」這人一副娘娘腔，由上唇至下顎蓄了一圈又短又硬的鬍鬚，頭全禿，白淨臉皮，衣着頗光鮮，年齡約四十歲。

我合上電腦，欠身離座，沒心情、沒時間跟他胡謅。

「忙什麼？難得大家都對豬排沒興趣，多坐一會，聊聊天嘛。」禿頭鬍子伸出蘭花手，要按我的肩頭。

我登時打個冷顫，用電腦擋在身前，隔開他的蘭花手，慍然道：「我對你也沒興趣，讓路。」

「興趣可以慢慢培養……」

「來人呀！救人呀！」洗手間裏忽地傳出女人尖叫，「女廁有個醉酒鬼一頭栽進馬桶裏，快來幫忙啊！」

酒吧內的人，包括禿頭鬍子，都不約而同地轉身，酒保和侍應更跑向洗手間。我當然例外，我趁機閃身繞過禿頭鬍子，反方向步出大門，與門外的R會合。

酒吧外面的夜市熱鬧依然。鹵水豬腳的香味自擔擔麪檔的陳年鹵汁中飄出，混和蚵仔煎、炸雞排、炸臭豆腐、煎大腸小腸的油香，隨着摩托車的排氣，充斥大街小巷，置身其中無從躲避，時間一久，毛孔上彷彿膠結一層油膩和污垢。

R站在街角，左手挽着Gucci手袋，右手拿紙巾掩着口鼻。

滿街旗幟、橫幅，全是寫着「支持蔡英文」。綠色，沒一幅藍色。高雄市是「深綠選區」，民進黨的鐵票牢不可破，有些深綠選民甚至無視法院的證據，堅定不移地相信阿扁沒貪污，藍營小馬哥下個月在此的「選戰」並不易打呢！

R身後，三個一夥的少年混混蹲坐已經放下捲閘的店前石階上，一面啜飲蜂蜜苦瓜汁，一面擠眉弄眼地打量R。須知苦瓜汁可以消熱解毒，招惹R卻是自討苦吃。幹嗎台灣男人不分老少都不知好歹？

我跑過去，三人瞧見我，才稍為收斂。

「走吧。這裏，真討厭。」R開步橫過馬路。

就在此時，一輛深藍色的豐田Camry駛至，停在我們跟前的斑馬線上。我和R相顧一怔。

一個剪平頭裝，戴粗框厚片眼鏡，穿斜紋西裝外套的高瘦男人推門下車，挺直地站在我們面前。

三個小混混馬上跑開。

警察？

那男人高鼻深目，輪廓深刻，神態彪悍，不怒而威。他掃我們一眼，道：「阿Wing、R，我是特工組的羅組長，請兩位登車。」

既然對方知道我們是誰，又在他的地盤，不由我們不合作。儘管是這樣，愛抬杠的我仍不輕易就範，用鼻頭回應一聲「哼」，暫不表態。

R合拍地帶笑問：「街上計程車多的是，為什麼要上你的車？你給我們打折嗎？」

「請兩位合作。」羅組長不假辭色，並有意無意的掀開衣角，露出腰間佩槍。

「呵，不必露械，別緊張。我們雖是來自香港的特工，但不隸屬香港政府，更不隸屬中國政府。」我道。

「我清楚，否則你們根本無法入境。」羅組長反手拉開後座車門，態度堅持。

看來我們不合作，他不罷休。我擺擺手，向R點頭道：「我們兜風去吧。」

「看他的模樣，一定不會超速、飆車、飄移，真沒趣。」R失望地搖搖頭，還是坐進後座車廂。

我抱着筆記本電腦跨進前座，羅組長快步返回駕駛座。

「你打算帶我們往哪裏去？」我問。

「隨便繞幾個圈子而已。」羅組長瞧瞧側鏡、亮指揮燈、轉排擋、踩油、開車、自慢線斜駛慢慢切入中線。他的駕駛態度仍一絲不苟。

「我沒香港腳的。」R在後座脫掉高跟鞋，用手揉搓腳弓，「請不要介意我的失儀。」

「沒關係。」羅組長瞄一眼倒後鏡，「今晚可有收穫？」

「忙裏偷閒，喝杯酒，談談天。」R聳聳肩，「鬆弛一下，稱不上收穫。」

「我們還是打開天窗說亮話吧。」羅組長輕咳一聲。

我仰臉瞧瞧車頂，這輛豐田是舊款式，沒天窗。

「你們組織共三十七個國家、地區簽署支持……」

「三十八。」R糾正，「推翻卡達菲的利比亞臨時政府上月簽署……」

「Okay，三十八。但，不包括我們台灣。所以，你們在台灣的工作，得不到我們支援。」

「我們並非來工作，我們是觀光遊客而已。」我道。

「觀光？嘿嘿。」羅組長冷笑，「怎麼不往日月潭、阿里山、太魯閣觀光？」

「我對花草樹木不感興趣，我喜歡城市，逛街購物品嚐美食。」R道。

「怎麼不去台北？不去故宮博物院？」

我附和R道：「台北跟香港一樣人多車多，有什麼好逛？故宮博物院一天接待過百團大陸旅客，男人抽煙，小孩拉屎，女人嗑瓜子，幾十人圍住翠玉白菜指指點點，邊看邊罵蔣介石盜竊國寶。」

「的確大煞風景……」羅組長不期然皺起眉頭，眉宇間隱見憎厭之色，「好好的一處地方，給他們糟蹋……」

前面十字路口，紅燈亮起，羅組長減速，規規矩矩地把車子停在斑馬線前，轉頭看着我，問：「你們這不去、那不去，卻來高雄這家地痞酒吧？」

「不是地痞，是地道。這叫深度旅遊，親身感受風土民情。」

這時，一輛黑色的本田機車停在我的車窗旁邊。車手戴着全罩式頭盔，身穿貼身的黑皮夾克和膝蓋開洞的洗水藍牛仔褲，用指頭「咯咯」的敲響我的車窗。

「他是你的人？」我問羅組長。

「不是。」羅組長盯着車手，眼神充滿戒懼。

車手揭起頭盔的茶色護鏡，是個三十歲左右的漢子，神情慓悍，目光銳利。

R輕聲道：「小心。」

車內的氣氛頓時緊張起來。我放下車窗，問：「幹什麼？」

羅組長的右手移離方向盤，探進腰間。

「你是阿Wing？」車手問。

「對。」

「朱哥有東西給你。」他拉開胸前的夾克拉鍊，慢慢探手入內，仍不忘向羅組長鄭重補充一句：「警察先生，我不是拔槍。放心。」他取出一張上下對摺兩次的畫紙，皺巴巴的，擲進來。

交通燈號轉成綠色。

車手「轟隆」的加油，往前疾馳而去。

我打開畫紙，不由一愣，暗叫大意——

紙上是一個禿頭鬍子的炭筆速繪。

朱哥就是那位替我打聽莫明下落的江湖朋友，幫會沒拼圖專家，找個街頭畫家卻容易非常，繪圖跟真人差距雖大，但禿頭、鬍鬚，加上酒吧、獵艷，答案呼之欲出，只怪我們錯誤解讀「獵艷」一詞，何況我從來沒想過用「艷」來形容自己。

「那是青蛇幫的朱哥嗎？」羅組長繼續開車，「你們需要支援，我私底下可以幫忙。要是跟幫會中人扯上關係的話，事情只會變得複雜。」

「你想幫忙的話，請送我們返回那間地痞酒吧。」我把繪圖遞給R，「因為，我想起，遺了東西在那兒。」

「要快！」R瞅着繪圖。

「要多快？」羅組長拉開儲物格，拿出一包檳榔、一個藍閃燈。

「愈快愈好。」

「坐穩。」羅組長把藍閃燈放在擋風玻璃前，把一顆檳榔拋進口裏，眼睛一掃左右，隨即加速，準確地於前車、後車之間向左切入快線，再衝過沒欄杆的安全島，開進逆線車道，來一個急速U-turn。

後座的R由座位的左邊給甩到右邊。嚇得後面的車輛紛紛煞車。我被安全帶束得胸口作悶，筆記本電腦幾乎脫手掉下。

羅組長嘴巴嚼咬檳榔，雙手扭動方向盤，迅速修正前進方向，右腳配合踩油，本來四平八穩的豐田Camry，數秒之內，變成一輛亡命飛車，於夜晚的高雄街頭極速狂飆。

人不可貌相，果然，真人不露相。

「爽呀！」R重新坐定，把垂落的幾根亂髮撥到腦後。

3

環顧「貓頭鷹」酒吧，禿頭鬍子、金牙佬俱已不在，只見豬排女挨着長吧枱，正跟酒保、酒客議論紛紛。我們甫進門，眾人露出一陣詫異神色，幾乎同時閉上嘴巴。顯然，他們在談論我們。五大三粗的金牙佬被R

塞進馬桶，妖艷嬌媚的豬排女遭我拒絕，在這酒吧大概從沒發生過，過程眾人都已略知一二，其餘的八九，則透過集體想像，加鹽加醋，或已出現多於一個超現實版本，例如，我和R是一雙變態雌雄大盜。

佇足鴉雀無聲的酒吧內，且被好事之徒像觀看籠裏猴子般評頭品足，的確不自在。

「這酒吧的人，軟硬都不吃，只賣賬給官家。」羅組長攤開手心，「交給我代勞吧。」

我不反對，R亦同意，便把繪圖交給他。

他瞄瞄繪圖，一臉木然，若有不知情的人在旁，定以為他看的是白紙。

我問羅組長：「可以問你一個問題嗎？」

「問吧。」

「台灣政府明文規定，警察不准吃檳榔，而你……」

「嚴格地說，我不是警察。檳榔多吃無益，不過，偶然吃一顆，倒也可口。」

「偶然來一次亡命飛車，亦有趣呢！」R拉我坐下，在門口附近的一張空桌子。

羅組長低頭莞爾，順便「咯吐」的把檳榔渣滓和一口紅紅的汁液吐向垃圾桶，然後拉正衣衫，挺直腰背，雄赳赳地走到吧枱前，出示證件，展示繪圖，向酒保、酒客逐一查問。他們有人搖頭，有人搖手，有人態度敷衍的回應兩句，只有豬排女認真回答，不時比手畫腳。至於她說什麼，距離太遠，我又不懂讀唇，當然不知道。

羅組長查問了一會，回到我們跟前，把繪圖交還R，非常簡約地交代道：「在八德路。我送你們過去。」

「其實，我們已在機場租了車子，不用勞煩你。」我道。

「那麼，我在前面領路，你們開車跟在後面吧。我知道捷徑。」羅組長推門離開酒吧。

「那人在八德路什麼地方？」R跟在後面問。

「地址是一間已結業的麪包店。」羅組長大步轉左。

「已結業…… 麪包店……」R緩緩轉右，低頭思索，似要在麪包店與販毒集團之間找個關聯。

我遲疑起來，沉吟道：「隔夜豬排…… 發水麪包…… 難道我稱那女人作豬排，她騙我們往麪包店白走一趟，當作報復。」

「眼下線索只有這一條，真假都要去看個究竟。」R來到我們的Benz SUV休旅車旁邊，叉腰回望酒吧，「如果她膽敢欺騙我們，我回來將她煎皮拆骨，教她變成一塊豬排。」

世上的女人有許多種，有些萬萬不能開罪。

「吁——」我吹一聲口哨，取出車匙，按鍵解除休旅車的防盜功能。

R拉開車門，鑽進後座車廂。我跳上駕駛座。羅組長的Camry已開到休旅車前面。

「你開車吧。」R打開車上的旅行袋，「我要換衣服，不准偷看倒後鏡。」

「開車不看倒後鏡，太危險了。」

「偷看我換衣服，不危險麼？」

Camry駛出大路，我尾隨其後，應了一句：「我是冒險之王。」

「專心駕駛。」R邊說邊脫下西裝外套，「你相信他？」

我盯着Camry，目不斜視地問：「你指羅組長？」

「嗯。」

「當然不信。」

「我也是。」

「為什麼？我想聽聽你的分析。」

「他過分主動接近我們。」

「確實可疑，他可能假冒台灣特工組的人。」

「不，他是特工組的隊長，直覺告訴我，假不了。我懷疑他已被坤嫂收買。收買各地的貪官污吏是坤嫂慣用的伎倆。在台灣，多一個羅組長，並不奇怪。」

「同意。我們看法一致。」

「要揭發他嗎？」

「不，我們的目標是逮捕坤嫂。插手台灣特工組的家事，吃力不討好，人家亦不會感謝我們。如今失去了坤嫂的線索，如果羅組長是臥底，我們可以反過來，藉他來找出坤嫂。」

「與虎謀皮。」JR已換過輕便的黑色Puma運動套裝，跨上前座，坐定，用頭繩把長髮束起。

「不入虎穴，焉得虎子？」

「我們步步為營。」JR把頭髮束成馬尾，拉下太陽擋，用背面的鏡子照照，沒問題，便掀開儲物格，取出朱哥日間為我們預備的M1911A1手槍，嫻熟地拉出彈匣，檢查管槍，沒問題，重新上彈，「卡」的將首發子彈推進槍膛。

「但願用不上它。」我緊隨Camry轉右，開進一段路面較窄、路燈較暗、行車較疏落、路旁甚少競選宣傳旗幟的路段。

「倘若找到坤嫂就用得上，只擔心它火力不足呢！」

「到時候，就要看羅組長站在哪一邊了。」

前面的Camry「死火燈」閃亮，我便靠路肩減速，停在一輛客貨車後面。Camry往左拐彎一百八十度駛進逆線，慢慢駛回來，停在休旅車旁邊。兩車的駕駛座相貼。Camry的車窗徐徐降下。看來，羅組長有話要說。我也放下車窗。

「阿Wing、R，你們自行進去抓人吧。」羅組長隔着車窗，對R手上的M1911A1視而不見，「我是公職人員，要知所進退，待會你們逼供盤問，我管或不管，都說不過去。故此，我選擇不知情、沒看見。」

「我明白你的難處，請便。」

「祝兩位馬到功成。我們明天見。」羅組長關上車窗，把車開走。

R瞅着馬路對面的麪包店，問：「會不會是陷阱？」

玻璃櫥窗上貼着巨型的、已褪色的、破損的卡通麪包圖案，店內烏燈黑火，店外捲閘放下，重門深鎖，完全感覺不到裏面有什麼動靜。

「消極看是陷阱，積極看是線索。就讓我們探它一探。」我盯着倒後鏡，Camry在車路盡頭拐彎不見了。

「行動。」R跨出車廂，把手槍插在後腰，拉直外套遮掩槍柄。

我們不可能跑到麪包店正門，拍打鐵閘，把左鄰右里吵醒，亮起一個個電燈，推開窗子，探頭往下罵道：「什麼時候了？擾人清夢，這店早已倒閉，要買麪包，到兩條街外的Seven-eleven吧！」這樣一鬧，倘若坤嫂或莫明藏身店內，早就爬窗遁逃了。

於是，我快步橫過馬路，走進麪包店和家具店之間的冷巷裏。R跟在後面，與我相隔五個身位，保持一前一後的陣式，我作先鋒，她充後援。

瞥一眼腕錶，晚上十一時十九分。

冷巷很靜，很髒。沒蓋的垃圾桶積滿家居廢物，臭氣四溢。地上盡是玻璃瓶、爛鐵罐。一個破膠袋從冷巷深處被風吹起，飛過我的腳邊，跌在R身前。R把它踢開，它在牆邊滾了滾，再飄向大街。

麪包店的後門是一扇長了鐵鏽的鐵門，看來沉甸甸的，相當堅實。鐵門上方，二樓位置想必有個鋪滿灰塵的趟窗，沒窗花，窗框向外凸出部分，可作落腳點和攀手之處。

我指一下那窗子。

R會意，回我一個Okay手勢。

來吧。我轉身紮牢四平大馬，兩掌交疊，掌心朝天。

R助跑三步，猛衝過來，右腳往我的掌心一踏，我使勁向上一托，將她高高拋起。她借力躍上二樓，十指如鉤，抓緊窗框，腳撐外牆，一步，兩步，找到着力點，站穩，以三點作支撐，騰出右手，曲起中指，用戴在指上的金鋼鑽戒鑽磨玻璃。

同一時間，我雙膝一屈，騰地而起，斜飛而上，半空中，右腳蹬踏家具店的外牆，旋身反彈，左腳踢出，使個凌空一字馬，輕輕巧巧地也落在二樓窗邊。

時間剛好，R已在玻璃窗上弄開一個破洞。我從衣袖口抽出一柄鏢刀，把刀尖塞進破洞，剔開栓鉤，捏着鼻孔，悄悄拉開窗子。在窗邊稍待片刻，待灰塵飄走，同時側耳細聽，店內寂靜一片，看來沒人或沒驚動人，便屈身穿窗而入。

我雖放輕腳步，但踩在破舊的木地板上，腳底免不了發出兩聲「伊嘎」。幸虧聲音不大，對熟睡的人起不了作用。

我屏住氣息，靠牆而立，讓出空位。R跟着鑽了進來，也是「伊嘎」兩聲。「伊嘎」過後，死寂依舊。假設店內有人，還未搞清楚他們所在位置、狀況，我們不敢亮燈，或使用電筒，惟有靠路燈從外面透進的微弱光線，辨識麪包店的格局。

待要動身查探，卻發現我們身上不知何時各自多了一個鐳射紅點。光源依稀來自左右兩側的金屬儲物架後面。換句話說，我們已被狙擊手瞄準。

我的心，登時涼了半截。

II 飆車之夜

夜市七里飄香，豬排女垂涎欲滴；
R卻被擄失蹤，阿Wing亡命飆車，
拚死仍是徒勞……

1

果然是個陷阱。

我和R潛入空置的麪包店，即有二柄狙擊槍等候我們。沒那麼湊巧吧？誰設陷阱坑我們？豬排女？羅組長？抑或兩人串謀？還是另有主謀？

稍後，待得全身而退，查究明白，找他或她算賬也不遲。

本來區區一兩柄狙擊槍，以我的身手並不難擺脫，但與R一起，兩人的行動務要一致。若默契不足，我動而她不動，她便吃子彈，形格勢禁，我惟有乖乖合作，高舉雙手，希望狙擊手也合作，指嚇而不開火。

「你們，慢慢把身上的武器擺在桌上，然後退回窗邊。」是女孩的聲音，還是個年輕的，她似乎就在右邊的儲物架後面。

我絕無年齡、性別歧視，可是，年輕女孩當狙擊手，實在有點——有點罕見。

R輕聲提醒：「阿Wing…… 紅點……」

紅點？我低頭察看身上的紅點，咦，奇怪，相較一般鐳射瞄具所發的光束，我們身上的明顯較弱，而且紅點在我們身上游移不定——狙擊手拿槍不穩，即心不定，如此表現確是有欠專業。

「喂！動作快些。」對方的語氣相當不耐煩。

「我放，我放。」R取出M1911A1手槍，上前擺在桌上，慢慢退後。

「輪到男的。」

「我的武器甚多，繳械需時。」說罷，我雙手向前一甩，兩柄鏢刀自袖口飛出，「卜——卜——」的釘在桌面，再從衣袋裏掏出硬幣、原子筆、竹籤，並打算彎腰解鞋帶。

「你掏出這麼多雜物，幹什麼？」

「你要武器嘛，這些都是武器。」

「硬幣怎算武器？吹牛皮不眨眼！」

「你不信，要不要試試？」我不住逗對方說話，趁機觀察，憑聲音、憑光源，差不多能確定兩人的位置。

「怎樣試？」

「看暗器——」我同時彈出兩枚硬幣，分左右射向儲物架。

「啪——啪——」

「哎——」

「呀——」

左邊的儲物架後面，滾出一枝鐳射筆，跌出一個八、九歲的男孩；右邊的儲物架後面，撲出一個十四、五歲的女孩，慌張地抓起R的手槍，指嚇我們。她雙手抖得很厲害。

「小心走火，小妹妹。」我比她更慌張。

「手槍沒彈匣，槍膛裏雖有一發子彈，但手槍的保險掣已關上。」R搖搖手上的彈匣，「你懂得打開保險掣嗎？小妹妹。」

女孩咬着下唇，試扣扳機，一如所料的扣不動。她失望地扔下手槍，跑到男孩身旁。男孩已從地上爬起，淚水汪汪的。我剛才的一擲，只用上兩成勁力，被擲中的人，雖不致命，但疼痛難免。

「請不要傷害我們，我們跟你們回去，不再逃走了。」女孩擁着男孩，紅着眼睛懇求道。

「回去？回到哪裏去？我不明白。」R取回手槍，把彈匣插進匣槽之內。

「你們…… 不是綁匪？」

我走近看清楚。女孩尖下巴、薄嘴唇，眼神倔強，個子雖小，身體相當結實。男孩的輪廓，跟女孩有幾分相似。

「你們叫什麼名字？」我問。

「我是小薰，他是我的弟弟小光。」

「小薰、小光，聽着，剛才迫於無奈，我才用硬幣擲你們，抱歉得很。我們不是壞人，更不是什麼綁匪。」

「但，你們有刀、有槍……」

「總之，我們不是壞人，不會傷害你們。對啦，誰教你們用鐳射筆冒充狙擊手？」

「沒人教，我們讀小說領悟出來的。」

「什麼小說？」

「Q版特工。」

R撇一下嘴角，插口問：「你們，到底發生什麼事？快說清楚。」

「今早上學時，我和小光被戴着口罩的兩男一女擄上客貨車，綁手綁腳，蒙住雙眼，封住嘴巴。後來，我們被帶到一間房子裏，度過一整天。後來，他們有人睡覺，有人上廁所，有人吃東西，我們趁機偷走。他們追，我們躲進來。」

湊巧得難以置信！

我完全瞧不出說謊的身體語言。

我和R互望一眼，默契已定，既然遇上就不能不管。我拍拍小姊弟的肩頭，說：「放心，我們在這裏辦一點事，接着送你們到附近的警察局。」

「真的？」小姊弟雙眼放光。

「當然。對啦，你們在這空置的麪包店裏，可有看見什麼人？」

「沒有，只有你們……」

「乒——」窗子突遭外物擊破，有東西扔進店裏，在我們面前滾過，迅速釋出大量白煙，白煙刺鼻澀眼。

「是催淚瓦斯，快逃往樓下。」R拉着小光，衝向樓梯。

「且慢。」我截停他們，回身搬起一張木椅，把它推向樓梯。

「乒——」樓下的玻璃櫥窗碎裂。

「啪——啪——啪——」木椅連中三彈，滑落樓下，「彭彭龐龐」的撞翻好些雜物。

敵人的戰術明顯不過。槍手藏身在麪包店對街某處，先發射催淚彈，逼我們躲到樓下，再用裝上滅聲器的狙擊槍好逐一把我們射殺於梯間。光從槍法、準繩作評估，槍手非常專業。然而，令人費解的是，殺雞焉用牛刀？綁架小孩何用出動高手？動用先進的狙擊武器？「投資成本」與風險未免過高，除非這兩姊弟非常值錢，否則，幹這宗綁架一定虧本。

「咳……」R、小薰和小光不住嗆咳。

我的眼睛開始刺痛，湧出淚水。催淚氣體瞬間遍佈二樓。敵暗我明，本已吃虧，還帶着兩個小孩，要脫身，難上加難。現在怎麼辦？

「咳…… 阿Wing，再扔木椅。」R俯伏樓梯頂部，擎槍對準店外街道、樓房。

我明白她的意圖，情勢緊急，只得一拼，立刻另找一張木椅，想也不想的就往樓梯擲下——

「啪——啪——」木椅即時中彈。

「砰——砰——砰——砰——砰——砰——」

R開火還擊，連發六彈，喝道：「跑！」

我左右抱起小薰姊弟，把他們夾在腰間，躍下樓梯。

「砰——砰——砰——砰——」R繼續開火掩護。

敵人不再開槍，大概位置暴露了，被R的連橫快射迫得沒法抬頭瞄準，也可能他擔心R的槍聲驚動街坊報警，已經溜掉。總之，麪包店沒再受襲。

我把小薰和小光安置在沒收銀機的收銀櫃枱後面，

問：「你們如何偷進來？」

「後門。門，壞鎖，鎖不牢……」小薰驚魂未定，口齒不清。

「帶我去，快。」我按下小薰和小光的頭，「彎腰低頭，走在架子後面。」

他們點頭明白。

敵人既在前門，硬闖不智，由後門逃走，倒是上策。

「砰——砰——砰——」R一邊衝落樓梯，一邊開槍，直至彈匣射光。

「這邊。」我向她招手。

她打個前滾翻，滾過來，背貼收銀櫃枱，挨在我身旁喘氣道：「沒子彈，後備彈匣在車上。」

「我們先離開這裏，走。」我推小薰的背。

小薰矮身而行，從兩列沒麪包的麪包架中間穿過，跑進沒爐灶、沒廚具的廚房。我抱起小光，與R一起緊緊跟上。廚房直通後門，就是那扇看起來沉甸甸的生鏽鐵門。小孩不懂爬窗，情急之下，惟有撞門。我們懂武功的，反而捨易取難的爬窗，白費工夫，真是！

我們穿出後門，又再置身麪包店與家具店之間的冷巷裏，前後不超過十分鐘，要找的人找不到，卻經歷槍林彈雨，還救出兩個小孩肉票，實乃意外之中的意外。

「嗚……」警笛聲從遠處傳來。

「警察來了。他們問這問那的，會耽誤我們的工作。」我道。

「我們開車離開這區，再送他們到警察局門外，讓他們自行進內吧。」R提議。

「也好……咦，等一下。」我聽到急促而雜亂的腳步聲，馬上着R、小薰和小光停步，靠牆而立。

才站定，有人從家具店隔壁的房子跑出，從巷口奔過，衝過馬路，揹着大小旅行袋，跑向我們的休旅車前面的客貨車，是張皇失措的兩男一女。

我掩着小薰和小光的嘴巴，他們不必說，我已猜到這兩男一女就是綁匪。

無獨有偶，一個挽着一個吉他箱的漢子從麪包店對街的房子鬼鬼祟祟地閃出，急步走向泊在休旅車後面的Jeep。我們先前泊車時，還未見那輛Jeep。此人顯然晚我們一步才到。

R瞪着他，冷冷地道：「他就是那個可惡的槍手。」

警笛聲愈來愈響亮。

槍手與綁匪在休旅車旁邊相遇。雙方都心急逃跑，慌亂之間，其中一個男綁匪撞向槍手的肩膀，一柄刀子從男綁匪身上掉落人行路，發出清脆的「噹……」

槍手亦拿不穩吉他箱，箱子落地，箱蓋彈開，跌出一枝長槍。

「他有槍啊！」女綁匪失聲驚呼。

一眾綁匪未及反應，槍手搶先從腰間拔出手槍。

「慢着，慢着。」另一個男綁匪喊道：「老兄，大家都是做買賣的，河水不犯井水。警察快到了，大家各走各路吧。」

你太天真了，你們認得他，他一定殺人滅口。

我和R連忙掩着小薰和小光雙眼。

「砰——砰——」

說時遲，那時快。槍手連轟兩人。男、女綁匪中槍栽倒；餘下的男綁匪拾起地上的刀子，從後撲前，捅了槍手背部一刀。槍手大吼一聲，轉身用槍柄敲中男綁匪的側額。那綁匪登時頭破血流，跌坐地上。槍手踏前補上一槍。

「嗚……」一輛警車出現街角。

槍手不敢逗留，負傷攀上Jeep，發動引擎。

「我追蹤槍手。」我道。

「我找豬排女算賬。」

「休旅車，給你用。」我把車匙塞進R手裏，一同跑出冷巷。

槍手開着Jeep絕塵而去，遺下吉他箱。

R把小薰和小光安置在休旅車後座。我跑到客貨車旁邊，男女綁匪躺臥血泊之中。其中一人手邊有掉下的車匙。我撿起它，登上客貨車，在警車趕到前，駕駛客貨車追蹤槍手。

回頭，R的休旅車亦已離開現場。

這趟，高雄市警方頭痛死了。綁匪被神祕槍手射殺，另一神祕男子開走綁匪的客貨車，現場遺下不屬於綁匪的狙擊槍，綁匪巢穴附近的麪包店彈痕累累，小孩肉票本來不知所終，及後有個神祕女子把他們送到警察局門外，當警員要查問神祕女子時，她又不知所終。

警方或會問：神祕槍手是什麼人？神祕男子是什麼人？神祕女子是什麼人？三人跟綁匪有何瓜葛？三人跟綁架案有沒有關係？

嘩！太混亂了！亂得一塌糊塗。聽見已覺頭痛，假若可以，我會送一盒頭痛藥給負責案件的警察指揮官。

2

頭痛。

據聞，1949年蔣介石的頭特別痛。

在中國大陸政權易手前一年，國民黨大勢已去，蔣介石早就安排親信把政府可移動的資產如黃金、外幣、珍寶、文物等，一船一船的運往台灣，準備以台灣作為國民黨政府的最後據點。

隨着省、市一個接一個的被共產黨「赤化」，「恐共」的商人、工業家、專業人士、學者、科學家，以至平民百姓，紛紛逃離大陸，他們不是南下香港，就是東渡台灣，加上大批國民黨軍隊的殘兵敗將，一時，難民如海嘯般鋪天蓋地的湧進台灣。

及至1949年10月國民黨政府遷台運作，當地的情況已亂得一塌糊塗。台灣一向是農耕社會，缺乏大型的基建設施，短時間內，要解決難民潮所引發的房屋、就業、教育、交通、醫療、衛生等問題，以及消弭大陸難民與台灣本土居民之間的隔閡和衝突，蔣介石的施政舉步為艱。不過，最令他頭痛的是軍事危機。國民黨軍隊來自五湖四海，派系複雜，非蔣嫡系的將領集結台灣，擁兵自重，如何擺平派系矛盾、平衡各派利益，成了非常棘手的問題。還有，海峽對岸的共軍，不時發炮攻擊，暗地裏派遣特務滲透、破壞，構成沉重的防衛壓力。蔣介石的總統寶座，要坐得安穩，的確大有難度。

蔣介石畢竟是慣經風浪的治國人才，對內，他修訂「全國動員戡亂時期懲治叛亂條例」，台灣全面戒嚴，授予軍警非常權力，透過高壓政策穩定社會；對外，加入美國圍堵中共的戰略陣營，得到美國第七艦隊駛入台灣海峽，阻止共軍直接攻台。效果立竿見影，蔣氏政權逐步鞏固，縱使在台灣境內製造了差不多四十年的「白色恐怖」，無數無辜百姓被殺被捕，蔣氏政權亦在所不惜。故此，有些台灣人視蔣家是恩人，有些視之是仇人。

六十年過去，如今回顧兩岸關係可算相當和平，相對於以色列與巴勒斯坦、印度與巴基斯坦、南韓與北韓，儘管福建沿岸設置了數以百計的導彈對準台灣，實際上，文攻多，武鬥少，互罵而不互打。例如著名的「金門炮戰」，實彈互轟集中於1958年；翌年，雙方發炮前，總向對岸廣播，聲明時間和攻擊點，着對方躲開；後來，更改射不含炸藥的「宣傳彈」，只有寫着鼓勵投誠、獎賞黃金的單張。

經過蔣介石、蔣經國兩代統治，「蔣家王朝」承繼乏人，淡出台灣政壇；而國民黨舊部屬，老的老、死的死、退的退，「反攻大陸」、「毋忘在莒」等曾經振奮人心的口號，對於台灣新一代已沒政治市場，只剩歷史意義，供後人緬懷和憑弔。

自2000年，鼓吹「台灣獨立」的民進黨入主總統府八年，極力割斷與大陸的關係，縱然錯失中國貿易的龐大商機，導致經濟一蹶不振，民進黨政府亦在所不惜。

直至2008年，國民黨再度執政，恢復跟大陸直接通航、通商、通郵，但只談經濟，忌談政治。因此，就連我們這種不隸屬中國政府以維護世界和平為己任的善良特工，因為來自一國兩制的香港，都一樣遭到台灣官員戴上有色眼鏡的「接待」。這副眼鏡，自然是紅的。

他們「眼紅」是他們的問題，我盡心盡意做我該做的事——追捕國際毒販。

* * *

我一路跟蹤那個殺手，漸漸遠離了高雄市中心。

公路兩旁的土坡長滿檳榔樹，修長的樹幹，沒橫椏，筆直地向上生長，樹冠的傘狀枝葉，令我想起雜貨店的地拖頭，一根一根倒插在貨架上，等候顧客挑選。檳榔樹屬淺根植物，抓地力薄弱，無助保土，廣植檳榔樹會引致嚴重水土流失；但台灣人吃檳榔上癮，引發的病症又多，明知多種多吃，對大自然、對身體有害，由於有市有價，台灣仍是檳榔樹處處。

短視的惡果，害己害人。

前面，那個傷人害命的殺手，打算逃到哪裏？會不會跟莫明或坤嫂見面？如果是這樣，就最好不過……

咦！殺手的Jeep突然不受控制似的，作S狀行駛，最後駛離路面，撞落分隔左右公路的緩衝草坡，擱在坡下。他先前受了刀傷，若未及止血，會因失血過多而暈倒。我把客貨車停在路旁，跑下草坡。Jeep的車頭陷入草坡下的軟泥之中，引擎仍有動力，後輪離地空轉。走近看時，殺手倒伏在駕駛座上，伸手探他的鼻息和脈搏，出氣多，入氣少，心跳幾乎停頓。座椅周圍血迹斑斑。他的刀傷比想像中嚴重，失血過多，再不送往急救，只怕性命難保。我撕開他的衣衫，在傷口四周連點六個穴道，嘗試止血，稍為拖延他步入鬼門關的時間。

這人有點眼熟，哪兒見過？

我開啟手提電話的拍攝功能，拍下他的正面照片，把檔案傳給香港基地的露絲。接着檢查他的衣袋褲袋、汽車儲物格，找到大疊鈔票、一些武器、一部手提電話，沒任何身分證明文件，還有三張消費發票。台灣官方每隔兩個月舉行一次發票抽獎，頭獎達二百萬新台幣，台灣人習慣收集最近兩個月的發票。三張發票之中，竟有一張由「貓頭鷹」酒吧的收銀機開出，日期是今天，時間是晚上十一時零五分。

他今晚在「貓頭鷹」酒吧？

我再看他的容貌，拚命回憶酒吧裏的每一張臉孔。這張臉孔太平凡了，如沒交談、接觸，甚難留下印象。

呀！我記起了，我們第二趟進入酒吧時，他坐在長吧枱末端，一個人默默喝酒。豬排女跟酒保、酒客高談闊論時，他在那裏。羅組長拿着莫明的繪圖查問眾人時，他仍在那裏。

他結賬的時間是——我們離開酒吧不久。

他跟蹤我們，看着我們潛入已結業的麪包店，於是在對街狙擊我們。都不是湊巧的決定，他知道麪包店是空置的，也預先找到狙擊據點，準備好合用的武器和彈藥。肯定是早有預謀！

誰跟他合謀？誰在背後指使他？關鍵，是那個告訴羅組長莫明藏身空置麪包店的人——

豬排女。

是她本人的意思？還是另有幕後黑手？

「嗨！下面需要幫忙嗎？」駕駛夜行貨車的男人站

在路肩喊問。

「報警吧，召救護車！司機重傷垂危。」我應道。

「我這就打電話。」

我也打電話，不過是打給R，告知她槍手目前的狀況，以及分析我的看法。

R亦告訴我，她今晚第三趟走進「貓頭鷹」酒吧時，可用震驚來形容酒保和酒客的神色，可惜豬排女已離去，小薰和小光整個下午沒吃過東西，她先帶兩人吃擔仔麵，再往警察局。

「咕……」

聽見R吃擔仔麵，我的肚子即起共鳴，瞧瞧腕錶，還差三分鐘便是午夜十二時正，相距上一頓晚餐，整整五句鐘。今晚跑來跑去、爬高爬低，體力大量虛耗，飯菜早已消化淨盡，肚子空空的失落感，令大腦產生一種四肢怠惰的信息。民以食為天，不填飽肚子不幹活！於是撿走殺手的手提電話，爬上草坡，跳進客貨車，駕車返回市區。

我也要吃擔仔麪。

其實，吃蚵仔米線也不錯，另加一份福州魚丸，簡直是人間滋味；可是，要坐下來等和吃，太花時間了，不如吃大腸包小腸，但排隊購買的隊伍沒一百也有幾十，站着輪候所耗的時間，跟坐下吃碗米線相差無幾；還是吃胡椒餅最方便。不過論到惹味和口感，胡椒餅當然不及炸雞排。炸雞排的隊伍雖然較大腸包小腸的短，但也是挺長的，雞排老闆的心態是慢工出細貨，顧客排隊等於免費宣傳，我不願充當宣傳工具，惟有吃胡椒餅；然而，既然光顧夜市，只吃一個胡椒餅未免太小氣了，多吃一塊臭豆腐，才不枉此行。既然多吃一塊臭豆腐，口臭口乾勢所難免，喝杯果汁亦不算過分；但果汁可能添加塑化劑，不能亂喝。沒果汁，就不能吃臭豆腐，沒臭豆腐，只吃一個胡椒餅，肚子會抗議……

真頭痛！

3

結果，我吃了一碗擔仔麪、一份福州魚丸、一個胡椒餅、一個高麗菜生煎包，沒吃大腸包小腸，沒吃雞排，也沒吃臭豆腐，拿着一串「七里香」，站在六合夜市街頭，拍拍肚皮，感覺十分充實。

黃金時段已過，午夜十二時四十分的六合夜市，遊人大減，部分食檔亦已收市，爐灶用厚帆布覆蓋，招牌燈箱暗淡無光，本來遊人如鯽的「行人徒步區」，現在寬敞得可以打一場街頭三人籃球賽。

請不要誤會，我沒有因為吃而忘卻工作，在等候檔主煮擔仔麪時，我已把殺手的電話SIM卡資料上載到特工網站，供露絲分析。

一輛本田機車在對街駛過，騎車的男人頭戴全罩式頭盔，身穿貼身的黑皮夾克和膝蓋開洞的洗水藍牛仔褲。我認得他，他是朱哥的手下。他似乎沒看見我，即使看見，我們既沒交情，他沒必要停車跟我打招呼：「阿Wing，還沒睡嗎？」「對，你也沒睡。」「我是夜鬼，晚上不睡覺。」諸如此類。他有他「遊車河」，我有我逛夜市，沒必要花時間說無聊話。

本田機車駛過，又駛來另一輛，這輛是山葉，台灣的機車真多。

我嗅嗅手上的「七里香」，或因吃飽了而產生「邊際效應」，沒胃口，又覺得它名過其實，並不太香。「七里香」，名字聽起來挺雅，可是當你知道其正確名稱應為「炭烤雞屁股」時，你可能反胃。來台灣前，我們的饞嘴特工阿Ken曾極力推薦，說無論如何要吃一串。現在手裏拿着一串，吃或不吃？

雞排、雞腿，我絕不口軟，但雞屁股嘛……

正當我猶豫之際——

「哎呀，好想吃『七里香』唷，偏偏收了檔，人家想吃吃不了，那檔主真該打……」

聲音好熟，是林志玲式娃娃聲。回身一看，哈，踏破鐵鞋無覓處，得來全不費工夫，果然是她——豬排女。

看她的樣子，雙頰紅紅，腳步浮浮，已有三分醉意，卻不知她是真醉還是假醉？不管是真是假，我絕不放過這個機會。

我看左看右，雖已夜深，但街上仍有些路人，仍有些攤檔、店舖做生意，當街當巷對付這種有身材沒頭腦的女人，只宜智取，不宜用強。我再嗅嗅手上的「七里香」，靈機一動，便滑步過去，把「七里香」遞到她的鼻尖前面，道：「你想吃，這裏有。」

「噢，好香，謝謝，是你——」

「不錯是我，我後悔，願補償，請。」

「你……」

「你什麼也不用說，在這一刻鐘，夜裏十二時四十四分三十七秒，在六合夜市，我們偶遇。忘卻過去，沒有將來，這刻能為你獻上一串『七里香』，是我的榮幸。」

「我……」

「涼了不好吃。」

「我不客氣了，嘻嘻。」豬排女張開大口，咬了一顆雞屁股，嚼得津津有味。

我想吐，忍住。

「嗯，好吃。」豬排女的喉頭一動，「骨」的一聲吞下了整顆雞屁股，再伸出又尖又長的舌頭舔淨嘴角的雞屁股汁。

「當然好吃啦，因為，我特別為你加料。」

「加了什麼料？」豬排女盯着竹串上第二顆雞屁股，意猶未盡。

「毒藥。」

「嗄？」豬排女捏住喉嚨，完全酒醒過來，「你，別拿人家開玩笑唷。」

「此藥劇毒無比，毒發時全身潰爛，由臉頰開始，膿水不斷從皮下滲出，又痛又癢又臭，熬足七天七夜才斷氣。」

「我不信，你想騙我。」

「你不信，我給你做個實驗。」

「什麼實驗？」

我從竹串拿過一顆雞屁股，扔給一隻縮在牆角的流浪貓。

流浪貓大概餓極了，突然天降美食，毫不猶豫張口便咬。牠的食相跟豬排女的不遑多讓。

我給牠嚐過「甜頭」後，拿着竹串慢慢踱過去。流浪貓抬頭看在「美食」分上，「喵」了一聲，沒有竄逃。我蹲下，順着貓身撫摸牠的頭頸背，暗中屈曲食指在牠後頸一彈，牠「嗚」的一聲，反肚昏厥。

「啊！」豬排女以為流浪貓暴斃。

「看見了吧，藥力太猛，小貓吃一口即死。」

她半信半疑地說：「牠可沒全身潰爛。」

「貓毛遮蓋，你看不見而已。」我抱起流浪貓，「牠開始發臭了。來，嗅一嗅，也瞧一瞧貓毛下面的膿水。」

「好臭！噁心！」她捂着鼻子退後。

流浪貓無家可歸，一天到晚在街上遊蕩打滾，怎會不臭！

「相信了吧？」我把流浪貓平放在一個竹籮裏。

「你為什麼要加害於我？」

「因為我想要……」

「我給你錢。」

「我不要錢。」

「人？」

「當然不要。」

「你要什麼？」

「莫明的下落。」

「誰是莫明？」

「今晚，在『貓頭鷹』酒吧裏，那個禿頭鬍子。」

「他？我只跟他聊過幾句無聊話，而且他不喜歡女的，我們一點交情也沒有，我怎會知道他的下落？」

「既然不知道，你幹嗎騙我們到那空置的麪包店找他？」

「你說什麼麪包店？什麼空置？我完全聽不懂。」

「你今晚在酒吧跟羅……警探……說，莫明在八德路的麪包店裏。」

「那個警察？你誤會了。他問我的裙子在哪裏買，他想買一襲送給老婆，我告訴他裙子在大立伊勢丹百貨公司買的，他竟不知道大立伊勢丹在哪裏，我便給他指示位置，在前金區五福三路。」豬排女說時比手畫腳，手勢跟在酒吧內一模一樣。

真相大白了。羅組長果然是大花臉、大反派！他把我們騙到麪包店，在那裏伏擊我們。我要通知R。

「[illegible]XX——」手提電話收到短訊一則，是露絲傳來的——

阿 Wing：

傳來的照片，查到了，那人叫李立明，隸屬台灣特工組，官職是一級組員。服兵役時，他是軍隊的神槍手。另外，我們分析過李立明的電話 SIM 卡資料，他今晚九時以後談了兩通電話，分別是他在台北的家，以及高雄市內一個加密的流動電話。阿莫嘗試拆解加密內容，有消息再通知你。

露絲

「喂，快給我解藥。」豬排女搖動我的手臂，啞着嗓子央求道。

「沒解藥。」我推開她，「要用自然療法。早睡早起，晚上十時上牀，早上六時起牀，刷牙前喝清水三杯，每日共喝清水八杯，戒煙戒酒戒肉戒色，七日解毒。」

「嘩！要命，這還有人生樂趣麼？」

「沒命就沒人生，沒人生，何來樂趣？快回家睡覺，今晚就得開始療程，遲了就沒救了，快走快走。」

我攆走豬排女，馬上給R電話。接通——

「喂，阿Wing。」

「R，你在哪裏？」

「六合夜市。」

「我也是。」

「我們剛吃飽，現在送小薰姊弟去警局。咦，是羅組長呢。喂！羅組長。太好了，我可以把他們交託給他……」

「R！小心，不可以！ R…… 聽我說……R……」

電話斷線。

我再按鍵聯絡，但——

「閣下的電話未能接通，請稍後再……」

我改打長途電話給露絲。

「Hi，阿Wing。」

「露絲，十萬火急，立刻追蹤R的手機信號。」

「Okay，給我兩秒，讓我開啟高雄市的街道圖……看見了…… 你和R玩捉迷藏嗎？你們的手機信號都在六合夜市發出，你在街頭，她在街尾。」

「她可能遇到危險，指示我怎樣可以最快找到她。」

「有了，你首先穿入左面的橫街……」

露絲的「街」字還未說完，我已一個箭步搶進橫街內。

「向前跑二十米，再轉右，穿過冷巷，即達。」

露絲所看的，並非同步掃描的衛星地圖，右則的冷巷又黑又窄，堆滿雜物，地上還有大窪小窪的污水，只有置身巷中，方明白什麼是寸步難行。

「R的手機信號開始移動。阿Wing你要趕快，現在跑出冷巷，還可趕上她。」

我惟有硬着頭皮，瞪大雙眼，儘量避開大件的雜物，跨過大窪的污水，幸虧冷巷不足三十米，以我的速度應可及時截住R。

「R的手機信號愈移愈快，她似乎登上了汽車。」

糟糕！R可能被擄上車了，我要快跑。

「碌——」我一個不留神，不知絆着什麼，栽了一跤，右膝、左肘碰在尖硬物件之上，一時又痛又麻。我顧不得傷勢，忍痛從地上一滾起來，連跌帶撞的推翻、踢開雜物，直奔出冷巷，差點跟收檔回家的生煎包老闆來個火星撞地球。我及時收步，右手往他的手推車一按，順勢打個單手側手翻，從他的頭頂飛過。

「嘩，年輕人，玩雜耍到別處嘛！可別打翻我幹活的傢伙啊！」

我不理會他，只管躍出馬路，左右掃視，R、小薰、小光、羅組長一個都不見。

我對着電話大吼：「露絲，R在哪兒？」

「西面，信號在西面。剛停了下來。」

西面，馬路上只有一輛貨車，停在紅燈前面。R在貨車上！我拔足狂奔，但剛才的跳躍令右膝的傷勢加重，整條右腿無從發力，一步一拐地勉強追過去，狼狽非常。不能眼巴巴地看着R被擄去。我咬緊牙關的竭力追趕，還差七八步，便可截停那貨車。R，我來了，你千萬要挺住！這時，交通燈號由「紅」轉「綠」，貨車的排氣管「轟」的噴出一股黑煙，車身接着前後震動，隨即開行。

「喂！別開車！」

貨車司機沒有理會。

別無選擇，我看準貨斗的支架，縱身撲前，恨不得手臂暴長兩吋，可惜，沒即時再發育這回事，指尖僅僅觸及支架，貨車駛遠。

「劈啪——」我撲了個空，重重地摔在馬路中心。

貨車在十字路口往右拐，徐徐消失在我的視線之內。車速慢吞吞的，奈何我追不上。不中用！我重重地搥打路面。R在我眼前被擄，我恨自己，不能及時拯救。

「隆……」一輛機車停在我身旁。

「你把路搥爛亦無補於事，我載你去追那貨車吧。」

抬頭一看，又是他——朱哥的手下。

「好！追！」我連忙爬起身，攀上機車後座。

「你不要太靠近我，一來男男授受不親；二來，你身上太骯髒。」

「不好意思。」我儘量靠後。

「抓緊。」車手一扭油門，機車向前急衝，不管紅燈綠燈，不管前後有車沒車，在十字路口急轉九十度，全速追趕，不消三分鐘，貨車在望。

我再聯絡基地，問：「露絲，R的手機信號還在嗎？」

「信號清晰，你們兩個的手機信號同樣清晰。你在飆車嗎？快趕上R了。」

車手的腰一擺，把機車的重心向左傾側，機車快速切線從後超前，貼近貨車的駕駛座。開貨車的，是個中年漢子。

車手按一下響號，揭起頭盔護鏡，朝貨車司機大喝：「老張，靠邊停車。」

「啊！小刀哥，什麼事啊？」

「我叫你停車呀！你聾了麼？還不趕快給我停車！」

「是是是。」司機連連點頭，慌忙減速。

「你認識他？」我微感驚訝。

「他是老張，養豬的。每晚到夜市收集食物渣滓回農場餵豬。」

嗄？一個養豬的，怎有能耐挾持R？

「露絲，你肯定R的手機信號正確？」

「肯定。你兩個的手機信號現在幾乎重疊。」

小刀把機車攔在貨車前面，喊道：「下車，老張，下車！」

「到底什麼事啊？小刀哥。」老張呆頭呆腦的跳下貨車，一臉迷惘。

「你給我站在一旁，抽口煙，不准發問，不准亂動。」小刀除下頭盔，脫去手套，把手套塞進頭盔裏，再把頭盔擱在機車的汽油缸之上。

老張搔搔後腦，真的乖乖走開，蹲在路肩上抽煙。

我一瘸一拐地跑到貨車前頭，車門打開，駕駛座空空如也，於是繞到後面的貨斗，握着那根先前握不到的支架，借力跳上去。貨斗內放滿盛載食物渣滓的膠桶，沒半個人影。R呢？我大感詫異之餘，仍小心檢查，最後發現R的手提電話掉落在兩個膠桶之間。手提電話而已，人不在車上。

中了調虎離山計。可惡！

如果R被擄⋯⋯我慢慢回想⋯⋯她最初被擄的地方⋯⋯在六合夜市，時間是她在電話裏說看見羅組長之後。而我追進冷巷時，她的手機信號開始移動，即是說，那時她的手提電話已給扔到貨車上，貨車開行不久，遇上紅燈，停在交通燈前…… 對！交通燈上方，有一台監察路面的CCTV……

我急不及待地叫道：「露絲，你還在嗎？」

「在。找到R沒有？」

「R不在貨車上。你先聽我說，很重要的—— 三至五分鐘前，這貨車駛經的交通燈，上方有台CCTV，你馬上入侵高雄市交通部門的電腦系統，擷取那CCTV的攝錄片段。」

「沒問題，黑客高手阿莫就在我左近。」

「我等你們的消息。」我掛線後，單足跳下貨車，以沒受傷的左腳先着地。

小刀從便利店取了—— 不是買了—— 紗布、消毒藥水、礦泉水，一併遞給我，說：「一面清理傷口，一面等消息吧。」

「也好，謝謝。」我坐在人行道旁的石凳上，扯高褲管，用紗布蘸點消毒藥水，輕抹膝蓋的傷口，喲……

「小刀哥，請問，我現在可以……」老張叼着煙屁股問。

小刀不耐煩地擺擺手，說：「走啦。」

「知道。」老張躬身。

「吡——」我的手提電話收到短訊。

我放下紗布，打開短訊，是露絲傳來的CCTV錄影片段。阿莫真有辦法，台灣政府的電腦保安須要提升功能了。在片段裏，R被手銬反鎖，與小薰、小光逐一坐進羅組長的Camry房車，羅組長拿着手槍和手提電話，老張的西行貨車駛過，羅組長把手提電話扔進貨斗之內，然後登上Camry，向東駛去。

此人真狡猾。我輕看他了。

「要找那部車子嗎？」小刀在旁邊瞥一眼畫面，「我或有辦法。」

「這還用說？快找！」我局部放大畫面，讓他清楚看見車牌號碼。

小刀取出手提電話，按鍵找某人，用閩南話「呱啦呱啦」的跟對方交談。我不曉得閩南話，一句都聽不懂。

小刀的機車一直泊在老張的貨車前面，老張不敢叫小刀推開機車，惟有自行倒車，才切線開走。小刀再談了一通電話，便坐在機車上，曲起右腳，踏着車尾座墊，燃亮一根香煙，一臉高深莫測的表情，說道：「需要一點時間，不過，不會等太久。」

老張的貨車消失在馬路盡頭，空蕩蕩的路面，前後都沒一輛汽車。夜裏一時三十五分，人行道上幾乎行人絕迹，店舖的霓虹招牌大多熄滅，二十四小時營業的便利店燈火通明，顯得一枝獨秀，店前的垃圾桶擠滿各色食品包裝紙，地上散亂着啤酒罐、煙頭、捲成條狀的報紙、汽水瓶、宣傳單張、不知能否兌現的優惠券，還有一灘嘔吐殘渣。

我再看看腕錶，一時三十八分，才過了三分鐘，但這三分鐘竟如三小時般長久。

R身處險境，而我只站着乾等，什麼都做不來，感覺實在難受。

III 血祭祖靈

土地的衞士，誓言以血相祭，

掀開一個世紀的愛與恨……

1

等待，是磨人的苦事，正如鄭煒明的詩句：

我等了很久很久，終於
在漫長而幽冷的寒冬裏
你姍姍來遲 卻帶着
幾絲莫測的微笑
在這哀怨的長夜裏
你姍姍來遲
卻帶來了
月色溶溶
月色也澔澄
而你 帶來的月色
清澈透明得教人心痛
是的，我已真的等了很久很久
好像已在不乎再等下去
也不在乎再等多久

多等三分鐘後，電話鈴聲劃破溶溶月夜的寂靜。我和小刀的手提電話同時響起。我的神經線再度繃緊起來。小刀「呱啦呱啦」談他的電話，我接聽我的電話。

「阿Wing，有好消息。」來電的是露絲。

「快說。」

「我們登入高雄市政府的道路監測系統，從六合夜市開始，一路向東搜尋，終於追蹤到那輛Camry。」

「位置在哪裏？」

「在民生一路，車子正向東行駛。」

「民生一路，收到。請繼續追蹤Camry，我這就趕過去。」

我掛線。小刀也掛線，他仍舊坐在機車上，說：「聽見你掛線前提及民生一路。Camry，我們暫時找不到，不過，我們在自由三路找到那禿子莫明。一北一南，你挑哪條路？」

根本毋須考慮，我從口袋裏拿出坤嫂的照片，彈過去，說道：「請你幫忙審問莫明，要他老實說出一切關於這女子的資料。」

「沒問題。」小刀接住橫飛而來的照片，看了一眼，「我最有本事叫人講真話，就把莫明交給我吧。另外，我為你安排了車子，車上有武器，駕車的小勇熟悉高雄的大街小巷，可充當你的司機。」

「不必了，謝謝。我還可以駕車。我不想太多人牽涉其中。」

「隨便你。」小刀扔掉煙頭，戴上頭盔、手套。

此時，一輛三菱Space Gear客貨車以高速駛至，「軋」的在便利店門外煞停，於柏油路面擦出一段十來米的輪胎痕。小刀隔着車窗吩咐客貨車司機數句後，便騎着機車向北馳去。客貨車司機下車，沒表情的瞅我一眼，逕自走進便利店裏買啤酒，留下車門打開、引擎沒關的車子。

我當然不客氣，跑過去，跳上Space Gear，才扣上安全帶，露絲再次來電：「阿Wing，五秒鐘前，R開啟藏在耳環裏的微型收發器。我把訊息同步轉發給你。」

「真的？快傳過來。」我馬上開車，並把手提電話放在儀表板上，啟動擴音器收聽。

「你放過小薰和小光吧。」是R的聲音，「小孩是無辜的，跟我們的事情沒半點關係。況且，他們的爸爸是立法委員候選人，你放他們回家吧，別讓選舉蒙上不明不白的污點。」

「台灣的選舉從來就不明不白、不乾不淨。自從外省人來了，這地方就不乾淨了。」是羅組長的聲音，「小孩本來是沒關係的，若非你們，這時候，他們的父親或已決定退選，他們或已平安回家。可是，陰差陽錯的與你一起，作我的人質。」

「你要他們作什麼？他們對你完全沒用，也不構成任何威脅。」

「有用，絕對有用。不妨告訴你，讓你死而瞑目。只待阿Wing追來，我殺死他，再用他的武器殺死你們三人。這宗案件將被定調為綁匪內鬨，殺害人質，互相殘殺，反正真正的綁匪已給立明幹掉，死無對證，多發現兩具綁匪的屍體，亦沒人懷疑。」

「我們兩個特工專程由香港來高雄綁架小孩？如此無稽之談，誰會相信？」

「信不信，不打緊。待警察查明你們的身分，我們的計劃已經大功告成。」

「什麼計劃？」

「嘖嘖嘖，你又多管閒事了。台灣、香港互不相干，你們飛過來攪擾我們的計劃，我怎能放過你們？」

「我們只有一個目的，是拘捕坤嫂，不是跟你作對。」

「你們找坤嫂麻煩，就是與我為敵。好了，說夠了，你委屈一下，給我封上嘴巴，我們再找個好地方，等候你的阿Wing。」

「……」

信號中斷。我急問：「露絲？」

「微型收發器關掉，多半是給羅組長發現了。」露絲解釋道。

「或許，他早就發現，只是他故意讓我聽見。他猜到，當我聽見他要殺害R，刀山火海我都會跟着去。」

我頓了一頓，問：「他們在哪兒？」

「Camry已經停下，它的位置是高雄市文化中心。微型收發器最後的信號位置亦一樣。」

我的車子駛至民生二路，再過去便是民生一路，高雄市文化中心座落與民生一路一街之隔的五福一路。

為了R，明知山有虎，我偏向虎山行。

「阿Wing，還有一事。」露絲的語氣帶着疑惑，「我們查清楚了，李立明是孤兒，沒家人，未婚，獨居，他打電話回台北家中，找誰？」

「的確可疑，但目前，我先得解決羅組長。」我加速衝了一段民生一路，右轉光華一路，高雄市文化中心富藝術氣息的建築羣出現在擋風玻璃外面。我知道這個地方，最初以蔣介石的字「中正」命名，稱為「中正文化中心」，2008年民進黨政府實行「去蔣化運動」，率先把中正文化中心易名為「高雄市文化中心」，同時拆除裏面高六點四米的蔣介石銅像；此後，台灣各處大大小小的蔣介石銅像、石像陸續被拆，統統運往偏僻的桃園縣慈湖公園胡亂擺放。

我在光華一路盡頭左轉入五福一路，即見羅組長的Camry泊在文化中心正門的「市民藝術大道」前方。拉開儲物格，我隨手抓到一把T75手槍，把Space Gear停在Camry後面，回頭，在後座車廂的背包和蘋果箱裏另找到一些裝備。小刀的安排果然周到。

即使羅組長沒揚言殺我，我亦料到他再設陷阱坑我。雖云明槍易擋，暗箭難防，但我阿Wing可不是泛泛之輩，他要傷我？倒要花許多氣力呢！

我來了，羅組長你不要藏得太隱閉，讓我把你揪出來，救回R，再逼你招供，說出到底跟坤嫂搞什麼不可告人的謀算。

* * *

準備妥當後，我揹起背包，持槍下車，矮身快步繞到Camry車頭，一如所料，人去車空。

離Camry稍遠的人行道上，遺下R的耳環，被踏碎了。

高雄市文化中心佔地十三公頃，實在不易把躲藏其間的人找出來。

「阿Wing，我把文化中心的平面地圖傳給你。這地方太大了，指示間諜衛星進行熱力掃描，倉卒間不見得收效。」露絲無奈地說。

「我明白。」我打開露絲傳來的檔案。

「M正打電話給台灣的情報機關主管，泰臣和阿Ken已趕往機場，設法飛往高雄給你支援。可以做的都做了，但遠水救不了近火。」

「唉！只怪我當初掉以輕心，輕看了這邊的狀況，人手、裝備、計劃等統統不足。算了。我要動手救人，暫時中止通訊。」

「Good luck！」

我再看一遍平面地圖，對比周圍的建築物，默默記住地形，便收起手提電話，邁開腳步，越過十座「風之舞旗杆」，跑進文化中心入口的「詩的迷宮」。

前面，林蔭大道和圓形露天廣場，是一處可容納數以千計市民聚集的公共空間，非常空曠，要是我繼續走過去，只會變成羅組長的槍靶子。他全心要殺我，絕不會像那些陳腔濫調的電視劇橋段，跳出來跟我鬥嘴，說什麼「天堂有路你不走，地獄無門你闖進來」之類，才埋身肉搏一場，拚個你死我活。

遠距離用子彈取我性命，省時省力，乾淨利落。我不是清兵，心口沒掛着「勇」字。我非停步不可。

羅組長，別癡心妄想了，我不會站着任由你瞄準，像射擊河裏的野鴨子一般。我反手從背包裏掏出一個手擲式煙霧彈，扯去拉環，向前拋出。

圓筒形的煙霧彈滾過由小學生們用十八萬片玻璃馬賽克砌成的巨形地畫，邊滾邊釋出混合氣體，與空氣接觸，產生熱效應。瞬間，林蔭大道之內，白煙瀰漫。

如果羅組長此刻躲在某個制高點，托着狙擊槍，要瞄準我的話，他一定忙死了，忙於透過夜視瞄準器，在煙霧裏尋覓我的蹤影。如果他真的這樣做，那就大錯特錯，因為我根本不在煙霧裏。我趁着白煙掩護，早已竄到右側的草坪，飛身躍上一株榕樹的梢頭，佔據另一個制高點，試圖找出羅組長所在，來個反狙擊。適才敵暗我明，此際敵我俱暗，拉成均勢，不過，羅組長有人質在手，無論硬拚或偷襲，我都有所顧忌，沒幾成把握也不能貿然進攻，然而，對付狙擊手，從來沒十足把握。

夜涼如水，夜深如海，入口處的「風之舞旗杆」仍隨風變換燈光幻影，林蔭大道的煙霧擴散成一道難以看透的「煙牆」，主座建築巍峨屹立，在主座大樓的一個陰暗牆角，一點微弱的紅光時明時滅，那是——那是鐳射光束，是小薰或小光的鐳射筆！人質正在暗中打求救信號，當然，不能排除又是羅組長的詭計。他可能在小孩身上搜出鐳射筆，藉以引我過去，因為主座建築處於圓形露天廣場中央，無論從草坪哪一點跑過去，都會暴露於毫無遮掩的廣場之上。

這地方，「障眼術」也用不上。「障眼術」須要借助掩護物以擾亂敵人的視線，掩護物愈多，效果愈好，所以，和歌山老人在草木茂盛的山上，令我一度手足無措（詳情請閱《鴉殺》）。後來老人傳授我「障眼術」，我曾在法國一個足球場上施展出來，當時大羣納粹分子是我的「人肉掩護物」（詳情請閱《藏香》）。此時此地，無氈無扇，神仙難變。

冒險過去救人，不行。

不冒險，不救人，更加不行。

人一定要救，險不得不冒。死就死吧！

我反手往背包裏找，打算多取一個煙霧彈作掩護，可惜只有一個手榴彈，沒可能向露天廣場投擲手榴彈，萬一炸傷R和孩子，就抱憾終生。沒辦法，羅組長是你逼我的，且看我的輕功強還是你的眼界準？我的跑速快還是你的子彈快？

我躍下榕樹，悄悄移到圓形廣場邊緣，躲在一株台灣相思後面，探頭瞧瞧左右，毫無動靜。羅組長果然是個出色的「狩獵者」，耐心靜候「獵物」時，不動聲色。

我慢慢踏出一步、兩步，感覺一下風向和風速，待會我先向東跑二十米，再折向東南方……

「啪——」

胸膛中彈，彷彿中了一記少林大力金剛掌，登時痛入心肺、五臟似裂。子彈的衝力更把我震翻，一頭栽倒草坪上。

好痛。

頭暈。

氣悶。

兩分鐘左右，依稀聽見微弱的腳步聲。牛頭馬面來抓我下陰曹地府嗎？還是天使接我上天堂？

無病無痛無意外，人可以活到九十歲、一百歲，然而，短短兩分鐘足以決定生死，生命其實很脆弱，也沒保證。人真是悲哀啊！

「嗒……嗒……」腳步聲愈來愈近，也愈來愈響。

「鼎鼎大名的特工阿Wing就此死掉，無疑是特工界一大損失，真叫人惋惜。死在我手裏，我既感自豪，又感歉疚，真矛盾呢！」聽見羅組長以和尚唸經的聲線貓哭老鼠。

腳步聲停在我身邊。

一隻十號皮鞋的鞋尖踢我的左腿一下——

稍微的身體接觸，足以用來估計對方站立的位置、姿勢，乘着他仍是單足站地，我趁機發難，迅雷不及掩耳地使出一招「鉸剪腳」，盤鉤他的重心腳，攻其不備，一擊即中把他「撲」的絞跌；再來一個「鯉魚打挺」，從地上彈起，拔出手槍。

那人正是羅組長，他的身手也不壞，倒地即滾，滾地即起，瞬間已拔槍在手。

結果，我用槍指着他的頭，他用槍指着我的頭。幸好沒一羣白鴿在我們身後飛起，不然的話，我會誤以為在拍吳宇森的電影。

固然，我不是尊特拉華達，他不是尼古拉斯基治，我不是周潤發，他不是劉德華；我們不是在演戲，而是一決生死。我們都是專業特工，不用追求感官刺激或畫面美感，只為避免兩敗俱傷。腦袋被手槍指着，一點都不浪漫，一點都不酷。

「命只得一條，掉了很可惜，你不要逼我開槍。」我嘗試由廢話開始建立溝通，免得雙方情緒高漲，腎上腺素急升，一個眼神、一個轉念，指頭就扣下扳機。

「對呀，你這個部位沒防彈衣保護，我一槍就能取你性命。」此時的羅組長，前額和下巴多了兩抹似乎用「箱頭筆」繪畫的粗黑線，面容更添幾分詭異。

「彼此彼此啦。我斷氣前，也有足夠時間扣扳機，射爆你的頭顱。」

「死，我不怕。只要達至神聖使命，死何足懼？為了台灣，為了保護這塊祖靈賜給我們的寶地！台灣之子，絕不怕死！」

「Woo，台獨分子，沒料到。」

「你能在短時間內，找來手槍、煙霧彈、防彈衣，我也低估了你。」

「在家靠父母，出外靠朋友嘛。」我用沒拿槍的手按摩後腰，「喂，你累不累？」

「什麼？」

「我們這個兩槍對峙的局面，不知要折騰多久？你不反對的話，我想坐下，坐下來繼續兩槍對峙。我中了你一彈，胸口仍痛，先前摔過一跤，腿在發酸。」我慢慢坐下，挨着台灣相思，槍嘴始終不離他的前額。

羅組長想了想，還是盤腿坐下，保持對峙的陣勢，姿勢雖不及站着那麼有型，甚至有點市井味道，但站得太久，腰腿酸累，影響手感，隨時手震走火。

「台獨，行得通嗎？」我再度打開話匣子，「不見得台灣島上人人都支持獨立。我看，只是你們一小撮人一廂情願罷了。」

「你們香港人，怎會明白我們台灣人的感受和意願？」

「怎麼不明白？有史為鑒，有詩為證。丘逢甲的〈春愁〉詩云：春愁難遣強看山，往事驚心淚欲潸，四萬萬人同一哭，去年今日割台灣。聽說，對岸的領導人溫總理每逢吟誦此詩，總是雙目含淚。台灣自古是中國疆土，不容置喙。今天，兩岸政治分隔，但同宗同源，血濃於水。」

「我呸！丘逢甲在 1896年寫這首詩，背景是日本侵佔台灣。此一時，彼一時，根本不能混為一談。」

「好，算你說得通。我就引一位台灣當代詩人的作品，堵住你的口實。余光中的〈鄉愁〉，你唸過沒有？我背給你聽：

小時候
鄉愁是一枚小小的郵票
我在這頭
母親在那頭

長大後
鄉愁是一張窄窄的船票
我在這頭
新娘在那頭

後來啊

鄉愁是一方矮矮的墳墓

我在外頭

母親在裏頭

而現在

鄉愁是一灣淺淺的海峽

我在這頭

大陸在那頭

怎麼樣？無從辯駁吧？」

「余光中在南京出生，他的家鄉在大陸，乃是事實，他懷念家鄉，我十分同情。可是，土生土長的台灣人呢？我們原住民呢？我們的根就在這片土地上，跟大陸沒關係，沒情誼。我不能容忍大陸人玷污、侵佔我們的土地。」

「你是土著？皮膚不算黑，鼻樑不算勾。」

「花蓮縣的泰雅族。父親是山地人，母親是平地人。山上風光如畫，生活逍遙自在，我的童年在山上度過，很值得懷念……」

「原來是泰雅族人。你認識徐若瑄嗎？」

「遠房親戚……哼！你，別愈扯愈遠……」他的思緒從童年的花蓮山上飛回今夜的高雄市中心，「阻我者死！今晚不是你死，就是我亡。」

「那麼，我們來個了斷吧！像個男子漢，泰雅族的男子漢！賽德克巴萊！（註：真正的人）」我從地上跳起。

「賽德克巴萊！」羅組長也從地上跳起。

「不要武器！」

「好!」

「我數一二三，丟槍，一、二、三—— 丟——」

「卜——」

「咦？你說謊！你怎麼不丟！」羅組長雙手握拳，暴跳如雷。

「嘿嘿，我沒說謊。我只說丟槍，沒說—— 我們一起——丟槍。」我踏步上前，用槍嘴抵住他這個過分思鄉成愁的腦袋，「R、小薰、小光在哪裏？快說，你和坤嫂到底有什麼陰謀？」

「開槍吧！我寧死不說。」

「噠……」

一盞巨型射燈把圓形露天廣場照耀得如同白晝。

一架OH-58D武裝直升機飛臨我們頭頂，機上的人把射燈對正我們。

施翼攪動氣流，頓時狂風亂舞，樹彎葉飛，「風之舞旗杆」快速變換光影。我們幾乎站立不穩，機上的人透過擴音器發出警告：「我們是警察，立即棄械，否則開火！」

「呵呵，我的人來了，你認命吧。」羅組長扣住我的手腕，奪去我的手槍。直升機上的槍手相信已瞄準我的頭，要是不合作，恐怕隨時腦袋開花。

警笛聲從四方八面傳來。

「那又如何？眾目睽睽之下，你敢殺人滅口麼？」

「我怎不敢！」羅組長舉槍指着我的前額，「幹掉你，我自有辦法向上級解釋，大不了革職。」

「羅組長，立即棄械，接受問話。」直升機的擴音器傳來出人意表的指令。

「呵呵，陰謀敗露了。」我大喜過望。

羅組長臉色大變，雙手垂下，緩緩退後。

射燈如影隨形地直照着他。

「嗚……」大批警車停在文化中心四周。

「最後警告，立即棄械，否則開火！」

我趁羅組長分神，閃身跳回台灣相思後面，為免雙方駁火時，誤中流彈，也避免羅組長急起來拿我作人質。

「砰——砰——」直升機上的人果然開火，不過兩彈都擊在羅組長腳邊，信息非常明確：羅組長不投降的話，下一彈就射到他身上。

「完了，投降吧！」我在樹後喝道。

「不！」羅組長舉起手槍，瞄準直升機，「寧死不降！」

「留得青山在。沒命，再偉大的計劃與理想，都沒着落。」

「你錯啦！你們都錯啦！計劃已展開，我成功在望。你們要阻止嗎？可惜，眼前的線索就此中斷。」羅組長的槍嘴，改為抵住自己的太陽穴，神情堅執，一副視死如歸的樣子。

「勿作傻事……」

「砰——」

2

「你們倆，速回香港。」

說話的胖子自稱什麼什麼上校，揚眉叉腰挺胸凸肚，站在我和R面前，官威十足，傲慢無禮之極。我真想踢他的屁股。

半夜三時零五分。

今晚較早前，他大概好夢正酣，被電話吵醒，被迫起牀，被突發事件嚇了一跳，心情壞透，隨便披上一件皺巴巴的外套，頭髮也沒梳理整齊，便趕來高雄市文化中心。

「阿Wing，這人說什麼？」R撥弄長髮，搔搔耳背。

R故意跟他過不去，我自當奉陪，於是擠出一點含蓄的笑容，應道：「他好像說，請我們去一家水滾茶香的老字號飲早茶。」

「香港仔、香港女，不要裝蒜。你們非走不可。你們的兩個朋友二十分鐘前駕駛小型飛機企圖潛入本市，被空軍戰機攔截下來，現正拘留在崗山空軍基地。我請基地人員替飛機加油，你們跟他們一併原機飛返香港吧。」

「台灣佬，我不跟你兜圈子。為了不讓你們拘捕，逼他招出跟坤嫂合謀的計劃，你們的羅組長不惜自殺。坤嫂是國際罪犯，可能跟恐怖分子勾結。顯然，那是一個驚天大陰謀，那計劃在羅組長心中比自己的生命更重要。台灣佬，你不擔心他的計劃成功嗎？」

「你們的M與我的上級有言在先，你們必須離開台灣。」

「我們無意在台灣定居。你想想，羅組長連性命都不顧，那計劃肯定破壞力驚人。」R不讓胖子扯開話題，「可能，羅組長和坤嫂計劃炸毀101大樓。」

「也可能，他們趁小馬哥早上跑步時，在途中埋伏，暗殺。」我繼續危言聳聽。

「我們會調查。」胖子仍然硬撐到底。

「你有線索麼？」我正中他的「死穴」。

他開始詞窮，仍堅稱：「我們會跟進。」

「我有線索，但不會給你。」

「我相信，我們優秀而幹練的警務人員，有能力，有效率，查出那是什麼陰謀。」

「查多少天？如果坤嫂就在今早暗殺小馬哥，你們可有相應行動？」R裝出一副神色哀傷，「英俊的小馬哥若有閃失，台灣的女孩子一定很傷心。」

「我會向台北方面反映。」

「反映什麼？沒線索、沒證據，你貿然叫小馬哥今早不跑步，你不怕給上司怪責嗎？」

「所謂救人如救火，反映有屁用！R，這個胖子有心拖延。」

「他為什麼要拖延？」

「高雄是民進黨的根據地，這胖子想必是綠營的人，藍營的小馬哥被人行弒，他心裏或許很高興。」

「喂！你們倆不要一唱一和，亂給我扣帽子。這個指控可大可小！」胖子慌了，「好啦，好啦，我讓你們調查，但要與我的人聯合行動。」

「不行。」我直截了當地拒絕。

「什麼？我已讓步，香港仔，你別得寸進尺。」

「連羅組長也給坤嫂收買，台灣佬，你有把握手下全都可靠？」

「我的人…… 唏！罷了！」胖子兵敗如山倒，「你們自行辦事吧，但要交出武器。」

「沒問題。」我把背包放在他的腳前，沒問題，稍後問小刀要一袋火力更強的。

「上校先生，我們會低調行事，若成功拘捕恐怖分子，我們只要一個坤嫂，其餘的全交你發落。功勞，都歸你一人。」R最終提出一個胖子中聽的建議。

我接着說：「還有，請釋放我們的朋友，我們需要他們幫助。你明白啦，小馬哥跑得快，單靠我和R，恐怕追他不上。」

「可以。」胖子明知我們胡言亂語，道理似是而非，一時拿我們沒辦法，憋着一肚子氣，勉強答應。

「還有……」

「還有什麼？」

我朝圓形露天廣場揚揚下巴，「得尺進丈」地問：「可否借直升機一用？」

「你這要求未免太過分了。」

「的確是非常過分，但，你不可能要我們乘搭高鐵往台北吧？」R接口強詞奪理，「我們乘高鐵北上，只怕到步已經天亮，小馬哥亦跑完了步回家——假若平安的話。」

胖子氣得說不出話來。

Ⅳ 百年恩怨

毒匣殺手攔路對抗，掃地婦人毒招迎戰，

特工組再度中計！

1

我們像飛翔在雲端的夜鳥，自邈邈高空瞰視寶島夜貌。上天下地一片暗昧混沌。右舷窗外的遠處亮着一點光，相信，是某個南部城市的燈海糾結而成的大光點。如果負責駕駛的阿Ken改變航道，把UH1輕型直升機飛過去，愈臨近，那個大光點便會逐漸散開，化成無數小光點，路燈、霓虹燈，在寧靜的夜裏持續而單調地發亮，像一個個沉默的守夜人，提燈等待黎明。

現在是凌晨四時十六分，離黎明不遠了。

阿Ken保持航道，向北飛去。胖子上校不肯借出OH-58D，只調來一架機齡超過三十年、機體老舊的UH1。交通工具而已，我們但求儘快抵達台北，不用乘搭高鐵已經很滿意。

下面是大片黑魆魆的山林，夜間，樹林裏的詭譎活動非常頻繁，許多在日間從沒見過的蛇蟲鼠蟻，乘着黑夜從地穴爬出覓食，不是吃掉別的，就是被別的吃掉，或弱肉強食，或以眾凌寡，或出奇制勝，或以大欺小，或以毒攻毒，總之都是「恐怖分子」，合演一幕誰都沒留意的黑夜大廝殺。我想起山地人，想起羅組長。

寧靜不等於安全。

暫時拋開直升機外面的風起雲湧，我和R安坐機艙後座，在黑暗裏十指緊扣。

兩小時前，當絕大部分高雄市民深睡、熟睡之際，R與小薰姊弟遭羅組長用牛皮膠紙封住嘴巴，反綁在文化中心主座大樓的二樓，眼睜睜的看着羅組長向我開槍，欲救無從，R焦灼得滿眼淚水。及後，各人平安無恙，她一有機會便牽我抱我。死裏逃生，我們更加珍惜對方。

R後來告訴我耳環的事，在車上，由於雙手反銬，她惟有把頭壓向車窗，雖然勉強啟動耳環內的微型收發器，但耳環鬆脫，下車時，不慎掉落了，給尾隨的小光一腳踩碎。

至於小光，主座大樓外牆暗角的鐳射筆果然是他的。我的猜測沒錯，羅組長搜出小光的筆放在那兒，引我上鉤。

我們離開高雄市後，小薰姊弟由胖子上校護送回家，隨他如何編造破案經過，這宗綁架案就此告一段落。

「下面是桃園縣，再過去便是台北市。」阿Ken以平板的語氣報告。

坐在駕駛座旁的泰臣像發現什麼奇聞怪事似的：「你們知道嗎？桃園有個地方叫『慈湖』，裏面放滿蔣介石的雕像。」

「我知道。」阿Ken道。

「我也知道。」R道。

「我去過。」我道。

「哦。」泰臣沒趣地閉嘴。

去年，姐姐一家三口到台灣自駕遊，我湊巧有空，也湊熱鬧參加。其中一個觀光點是慈湖的薰衣草種植場。我們佇足廣闊的山頭，置身色彩繽紛的薰衣草原之間，感覺像變成跌落波斯地毯上的小昆蟲，只覺眼花繚亂。姐夫是「大龍友」，小B是「小龍友」，美景當前，本可一比攝影本領，遺憾天不造美，午後下起綿密山雨，濕漉漉的，山路泥濘處處，不好走，也不可觀。我們躲在室內玩了一遍DIY薰衣草枕頭，悶得我頻打呵欠。職員提議我們到山下的公園觀看蔣公雕像，理由頗也實在，並非憑弔偉人，而是公園的地面鋪上英泥，雨天不會弄污鞋子。反正沒事做，我們便打着花傘，在大小銅像、石像之間兜兜轉轉。姐夫為兒子上了一課中國近代史。逛了一圈，雕像的造型大同小異，穿長衫的慈祥，穿軍服的威武，千篇一律，都是工匠仿真雕成，典型的偶像欠缺神韻和靈氣。雕像太多了，我有丁點兒吃不消。

說到底，我還是喜歡照片，印象最深的是一幅孫中山與蔣介石的合照。照片中，孫中山坐在藤椅上，側着身，蹺着腿，氣定神閒；年輕的蔣介石穿上整齊軍服，端立「老闆」身後，臉上不敢作出任何表情，那份初出茅廬的青澀，在眾多蔣公的官方照片裏，難得一見。

蔣介石是孫中山的得力助手，孫稱蔣「如身之臂」、

「如驂之靳」，一文一武，經歷辛亥革命、二次革命，以及對付廣東軍閥、建立黃埔軍校……

「阿Wing、R……」阿Ken呼喚。

「什麼？」R應道。

「露絲透過祕密頻道來電。我把通訊轉駁到你們的耳機。」

「露絲，請說。」我道。

「我們成功拆解莫明手機SIM卡裏的那組加密電話號碼。」露絲傳來喜訊。

「今次真快呢！」R讚道。

「因為加密程式跟先前李立明SIM卡所用的相同，我們一下子就破解了。我把破解後的電話號碼傳送到阿Wing的手機。」

今晚，與李立明通電話的加密號碼，後來證明屬於羅組長的。而祕密與莫明通電話的，又是誰？

較早前，小刀在自由三路逮住莫明，極速地、高效地令他招供。原來，坤嫂一直給錢莫明，指示他成立空殼公司。莫明只是傀儡，對公司的營運、賬目、產品，一無所知，再忙碌也不過是間中替坤嫂當跑腿，往貨運公司收取貨物，再轉寄指定地點。從來只有坤嫂主動聯絡他，他不曉得坤嫂的背景，更不知道如何找到她。莫明此人向來不事生產，好貪小便宜，只知吃喝玩樂，難得不做事有錢花，他當然不過問坤嫂幹什麼勾當。

小刀扣起莫明的手提電話，轉交給我。我拆掉SIM卡，把資料上載給露絲，結果，露絲在通話資料裏找到一組台北市的加密來電號碼。我們一致懷疑，電話號碼是坤嫂的。

露絲又道：「還有，阿莫登入有關電訊網絡商的數據庫。」

「可有發現？」我期待另一則好消息。

「我們分析那組電話號碼的使用位置，百分之五十七在台北市中正區。非常巧合地……」

「別說，讓我猜。」我瞄一眼R。

「你猜吧。」

「李立明的家？」R搶答。

「猜對，他的家在中正區中山北路一段，台北火車站附近。」

「好呀！我們這就趕過去，殺坤嫂那臭婆娘一個措手不及。」泰臣磨拳擦掌，「喂，阿Ken，飛快一點，不行嗎？」

「已經很快了。這架老爺直升機，航速極限只有每小時216公里，而且，夜視飛行，安全最重要，雖然時間也重要……」阿Ken嘀咕。

沒錯，時間非常重要，誓要爭分奪秒。可是，空間是時間的障礙，從高雄前往台北，不論交通工具如何高速，總要花一段時間。在這段時間內，坤嫂若察覺任何風吹草動，便溜之大吉。雖然我們不能令時間停頓，但可以令人的活動停頓。

我請小刀非法禁錮莫明十二小時，十二小時內不准他與任何人聯絡。我相信小刀一定能辦得妥當。同時，我請胖子上校十二小時內不發放、不通報李立明受傷與羅組長自殺的消息。高雄市的狀況，遠在台北市的坤嫂或許不知道，不知道就別讓她不知道。如果她身在台北市，這時最好睡在舒適的大牀上，蓋着綿軟軟的被子，做她的春秋大夢，待我們來個突襲中山北路，正如泰臣所說，殺她一個措手不及，還未及洗臉、刷牙、化妝，便給我們拘捕。那時，我要親手把她鎖銬，才不枉在台灣的整夜辛勞。

「各位，我們進入台北市了。」阿Ken鄭重地宣布。

「Yes！Show time！」泰臣為手槍裝上滅聲器。這些裝備當然是朱哥供應的，朱哥跟軍火走私商稔熟，我們的武器全給台灣特工扣查，幸好有他幫忙，我們才勉強找到合用的「工具」。

阿Ken調整飛行角度，UH1開始低飛。

中正區是台灣行政院等政府機關所在，屬於禁飛區，胖子上校借直升機給我們不等於撒手不管，他定必知會有關方面，並且一直全天候監測我們的飛行路徑，所以，我們駕着這架屬於特工組的老爺直升機，從高雄飛抵台北，一路暢通無阻。

未幾，台北火車站、逸仙公園、行政院等地標建築已在腳下。露絲適時傳來李立明住宅單位的平面圖，以及由間諜衛星掃描李宅的熱能反應圖。

我與R一同研究該如何部署，R沉吟道：「果然有人在李宅之內。」李立明所住的大廈樓高十三層，每層八戶，李宅在頂層A室，面積約二十坪，格局呈長方形，客廳居中，廚房在右側，睡房連廁所在左側，客廳接連一個蚊型露台，向外伸出。

間諜衛星的熱能掃描顯示，一個人形發熱體躺臥於睡房內，顯然，那人正睡得香甜。只怕那人不睡，他或她睡得香甜正合我們心意。

「四位，你們的行動務必迅速。」露絲透過祕密頻度傳來提示。

我滿有信心地點頭：「放心，這次一定不會給坤嫂逃脫。」

「不獨這個問題……」

「還有什麼變數？」泰臣問。

「截聽台灣特工組的通訊時發現，你們一進入台北市，他們就展開追蹤。你們在天上飛，他們在地下追，你們一降落拘捕坤嫂，他們應會在三分鐘內趕到現場。」

R冷笑道：「那個胖子，嘿嘿。」

「他不信任我們，理所當然。」我平靜地道。

「中山北路一段就在下面。」阿Ken提醒我們。

「速戰速決。」R下令，「我們由露台攻入。阿Ken離天台四十米懸停，我們滑繩下降，泰臣破門，我擲震眩彈，阿Wing抓人。三十秒完成，兩分鐘內把人擄上天台，阿Ken降落，登機即飛。」

「好，先捉住坤嫂，餘下的事，我們見步行步。」我把滑繩下降器扣在繩索之上。

「位置鎖定。」阿Ken握牢控制桿，「機頭以下五十米，是目標單位的露台。」

「準備好了嗎？」R問。

我和泰臣打出Okay手勢。

「Go——」R喊道。

*　　*　　*

泰臣首先拋下繩索，再躍出機艙，沿繩快速滑降。我和R也拋出繩索，隨時行動。

下面，泰臣滑至露台，腳踏欄杆，拔出手槍，向露台門射了兩彈，在強化玻璃表面製造兩個破點；接着雙手抓緊繩索，雙腳在欄杆反蹬，身子向外彈離露台，在空中一盪，鐘擺般朝玻璃門回衝過去。藉着擺盪的衝力，加上泰臣二百五十磅的體重，以及魁梧、結實、強壯的體格，雙腳對準玻璃門表面的兩個破點，猛力蹬踢——

「嘭——」

玻璃門應聲破毀，泰臣連人帶玻璃碎片跌進客廳。

我和R旋即滑降，泰臣一撞破玻璃門，我們尾隨跳進大廳，R左手推開睡房門，右手把一枚震眩彈擲進睡房，再把門掩上。

「啊！」睡房裏傳來女人驚叫的聲音。我們暗暗叫好，裏面的既然不是男人，是坤嫂的機會率高達百分之九十九點九。

「砰——」震眩彈爆亮。

耀目欲盲的強光從門隙透出，房內又傳出一聲慘叫。

R再把房門打開，我一個魚躍便撲進睡房，着地前滾至牀邊。強光過後，女人雙手掩面，在牀上痛苦呻吟。我二話不說，一掌砍落她的後頸，把她擊昏。對付坤嫂這種惡毒婦人如徒手捉蛇，務要一擊即中，不能給對方任何反噬的機會。

制伏坤嫂之事，順利得難以置信。這就叫做專業……

「等一等。」R疑惑地亮起牀頭燈，「不對勁。」

牀頭燈光照在女人臉上，短髮、圓臉、鼻高、嘴小、皮膚白皙、年紀不超過二十五歲。我不禁疑惑起來，她不是坤嫂？

「可能……整容。你不是說過，坤嫂為逃避追捕，不止一次整容嗎？」泰臣把女人扛在肩上，「撤退吧！

台灣特工轉眼趕到。」

「那麼，走吧！」R當機立斷，「上天台，快！」

我搶先開路，奔出客廳，向大門跑去。

幾個鄰居誠惶誠恐地拉開大門，探頭張望。當他們看見泰臣扛着女人出來，更加吃驚。

我亮出手槍高叫：「打劫！綁票啊！綁一個不夠，老子還要多綁一個！」

「蓬……」

所有大門同時關上。

2

清晨五時十一分，曙光初現。

「昨夜」殘留的黑暗，彷彿只剩一層比牛油紙還薄的「夜膜」包裹着這個開始甦醒的城市，天際的彩霞、離巢的野鳥、清爽的晨風、晨運客的跫音、第一班的公共汽車，正一片一片的從四方八面剖開這塊「夜膜」。

屬於「昨夜」的時間與「今早」的時間，像江河的支流匯入主流一般，自然而柔和地互相融合。若你站在岸邊，你無從分辨濺在臉上的水珠來自主流還是支流？同樣，我無從分辨這刻鐘是屬於昨夜還是今晨？

這刻鐘，發生了的已成定局，對與錯都不能從頭再來。

我挨坐在台北火車站天台的一角，身心俱疲。

電影《那些年，我們一起追的女孩》有一句火紅的對白：人生本來就有許多事是徒勞無功的。

整夜頻撲，到頭來撲了個空，連線索都斷了，叫我怎能不泄氣？

那個被我們擄回來的女人叫王小梅，在屏東當文員，是李立明的女朋友，兩人拍拖約有三個月了。她對李立明的真正身分懵然不知，還以為他是個醫療用品推銷員。昨天她從屏東來台北，本來約好跟李立明往淡水遊玩，兩人在台北火車站會合後，李立明突然收到上司的電話，必須趕往高雄出差，於是，她便留在李家等候。李立明昨晚從高雄打電話回家，跟她說辦完事務明天便回台北。

調查再度碰壁，這次碰得更嚴重，重得方向全失。我不禁仰天連歎三聲，時不與我！

一輪衝鋒陷陣過後，腎上腺素大幅度回落，我乏力地坐在一角。天台的另一邊，R仍耐心地盤問王小梅，軟硬兼施，哄嚇並用，希望問出一點點蛛絲馬迹。R愛問，就讓她問吧，反正王小梅一看見我就怕得要死，我大有道理坐在這邊休息。

我的腦袋彷彿像電腦當機，錯誤沒法糾正，須要暫時終止操作，再重新啟動，至少暫時不用我傷腦筋，思索如何重回正軌，逮捕坤嫂，好讓頭腦清醒一下。

天台下面，火車站不遠處的逸仙公園草坪上，停着那架UH1直升機，三個台灣特工忙着在機裏機外搜查，大概希望找到線索，藉以估算我們的行蹤，卻不知道我們就在他們的頭頂。

「最危險的地方，就是最安全的地方」，不管你有沒有讀過台灣小說家古龍的作品，總會聽過他這句「名言」。

我們的「以身犯險」，並非單靠運氣，還有應變計劃。大約十分鐘前，阿Ken從天台接走我們，明知直升機已被台灣特工追蹤監視，飛不遠，逃不脫，我們乾脆降落於附近的逸仙公園。着陸後，阿Ken和泰臣大搖大擺地改乘計程車，一人向東，一人向西，遠離中正區，引台灣特工追蹤，中途他們會轉乘其他交通工具，漫無目的隨處亂跑，害台灣特工白忙一趟。至於我和R，帶着王小梅寸步難逃，於是偷進火車站大樓，躲在天台上暫避風頭。

下面來了一個機師模樣的人。看來他們在機上找不到什麼，說真的，我們在機上也沒留下什麼，找不到線索是正常的。他們在天亮前該把直升機飛走，一來逸仙公園無端多了一架軍方直升機，會嚇壞街坊；二來阿Ken匆忙降落時，把機屁股對正公園裏的中山紀念館，畢竟是國父嘛，實在有失體統。

說到底，孫中山是兩岸共同尊崇的人物，2011年是辛亥革命一百周年，兩岸政府都高調慶祝。在北京，胡總書記讚揚孫中山是「偉大的民族英雄和偉大的愛國主義者，以及中國民主革命的偉大先驅」，更語帶雙關地宣布，中國人民要繼承孫中山思想，儘早實現中國統一。台灣方面，馬總統亦不示弱，指出孫中山思想體現在自由、民主、人權、法治等台灣的核心價值上，這些核心價值是測量與拉近兩岸距離的重要指標。總之，孫中山思想，各有各的解讀。

這兩種解讀當然不夠全面，正如孫中山生前所說：「革命是火，宗教是油，人們只見我的革命，而不注意我的信仰，其實沒有油，那裏還有火？」

學校的教科書裏，孫中山的革命事業屬於必讀的課題，但內容甚少談及基督教信仰對孫中山革命思想的影響。台灣的學生自小對孫中山的遺言，耳熟能詳：

「余致力國民革命，凡四十年，其目的在求中國之自由平等。積四十年之經驗，深知欲達到此目的，必須喚起民眾，及聯合世界上以平等待我之民族，共同奮鬥。現在革命尚未成功。凡我同志，務須依照余所著《建國方略》……繼續努力……」

同樣是四十年，然而，多少人聽過，孫中山視四十年革命是基督徒與魔鬼的鬥爭？他臨終時在病榻上對親人說：「我本是基督徒，與魔鬼奮鬥四十餘年，爾等亦當如是奮鬥，更當信上帝。」

革命、耶穌、孫中山之間，關係微妙。

哈！我，畢竟想多了。

如果孫中山是基督徒，如果耶穌的救恩確有其事，這時的孫中山已在天堂，所看重的，跟世人有別，既不會希罕什麼紀念館，也不在意直升機屁股對正紀念館的大門。

我想多了。

R跑過來，悄聲說：「阿Wing，我問到一點頭緒。」

「什麼頭緒？」我的視角從中正紀念館回到天台，我的思緒也從天堂回到天台。

R身後，王小梅赤足離開天台。

「我懷疑坤嫂的落腳點就在附近。」R回頭指一下王小梅，「她記得一星期前，也曾從屏東來台北，李立明約好在火車站接她。她出閘後，看見李立明在火車站大堂與一個四十來歲的女人交談，那女人還交了一個拇指磁碟給他。王小梅問那女人是誰，李立明回答是街坊。我問她那女人的容貌、打扮。據她形容，那女人皮膚黝黑，打扮的確很『街坊』，尤其穿着一雙繡花拖鞋。」

「嘩！厲害。」我舉起拇指，「短時間內，問到這麼重要的資料，我自問沒這本事。」

「女人跟女人的溝通方法，你這個大男人、冒失鬼一輩子不會明白。」

「你放她離開了？」

「她並不知情，留她也沒用。我把胖子上校的名片給她，我告訴她此人是政府官員，會雙倍賠償她的一切損失。」

「街坊，怪不得坤嫂百分之五十七的電話都在中正區使用，原來是街坊……」我開始循這個方向思考，新的資料帶來新的刺激，我的腦筋再度靈活運作。

「鈴……」

是露絲來電，我開啟手提電話的擴音器與R一同接聽。

「阿Wing，台灣特工組的態度軟化了。」

R笑道：「一定出了什麼困難，迫使他們軟化。」

「可不是呢！他們查出兩天前羅組長利用偽造文件，到崗山空軍基地提取一批足以把台灣總統府夷為平地的烈性炸藥。」我跟R面面相覷，「現在，那批炸藥下落不明。台灣國安局鑑於事態嚴重，他們的特工又沒頭緒追查，聽見你們有線索找到坤嫂，國安局的高層人士天還未亮便打電話給M，要求你們跟台灣特工合作，幫忙儘快尋回炸藥。」

「你轉告他們，立即撤出中山北路，免得坤嫂一覺醒來，發現滿街特工，把她嚇跑。」

「即辦。」

「還有，叫他們留下一輛車子，泊在台北火車站門外備用。」

掛線後，我在天台來回踱了一圈，俯瞰中山北路一帶的街巷樓宇格局。R分別打電話給泰臣和阿Ken，着兩人折返中山北路歸隊。

不出三分鐘，UH1直升機、特工組的車輛，全部開走，只剩一輛日產客貨車，泊在火車站大樓外面。我盯着長長的中山北路一段、二段、三段、四段……

R並肩站在我身旁，「你想到什麼對策？」

「也不知有沒有效，沒別的辦法，惟有一試。」我取出李立明的手提電話，把SIM卡插進電話內，開啟電源，「既然是街坊，我們應該喚她起牀。」

R大力點頭。

「動手吧。」我一邊跑離天台，一邊打開自己的手提電話短訊。

「露絲，注意。阿Wing預備用李立明的手機打電話給坤嫂。」R在我身後聯絡基地，「馬上監察有關手機信號，找出她的位置。」

在短訊清單之中，我找到露絲較早前傳過來的那組電話號碼。需要多等一會，待露絲他們登入台北中正區的電訊網絡系統，在各組轉發器的涵蓋範圍內建立監測點。

跑下大樓，來到客貨車前，車門沒鎖，車匙插在匙孔內。R坐進駕駛座，把手提電話改為免提模式，用耳機收聽。我坐在她身旁，把李立明的手提電話平放在儲物格子，靜心等候。

該是我們的最後一招了，這招不行的話，我們可以收隊回香港，不甘心也沒法子。來日方長，總有機會捉拿坤嫂，但不能幫助台灣特工尋回那批炸藥，卻是一個遺憾——假若那批炸藥造成傷亡，遺憾就更大了。但願這最後的一招收效。

「可以了。」R拍拍我的手背。

我拿起李立明的手機，小心按鍵，輸入電話號碼。

「沒按錯吧？」我把兩個手機遞給R檢查。

「號碼正確。」

我深深吸一口氣，食指按下通話鍵——

「咇咇……」

電話接通，但沒人接聽，正常。這個時間，除了我們，街坊都在夢鄉。

「咇咇……」

鈴聲響第二遍了，應該被鈴聲吵醒吧，仍然沒人接聽；或許電話放在客廳，從睡房跑到客廳需要一點時間。

「咇咇……」

第三遍鈴聲響過，電話依舊沒人接聽，難道機主不是睡了？是暈了？甚至死了？嘿，坤嫂怎會死得那麼容易！

「咇……」

「卡——」終於有人提起電話。

「哈囉。」果然是坤嫂，我認得她的聲音。若非來電顯示是李立明的號碼，她絕不隨便接聽。

我當然不答話。

「立明？」

我若不作聲，就不能拖延時間；我若作聲，坤嫂隨時掛線。

兩難！

「立明？是你嗎？」

聽得出，她開始起疑，我還不做點什麼，她多問一句，仍沒收到回應，肯定掛線。

「坤嫂，早晨。」

我只得硬着頭皮找話說，好給露絲足夠時間。R開啟嵌在儀表板內的衛星地圖，手握方向盤，凝神等候露絲的消息，一有結果，她馬上開車。

「你是誰？」

「我是阿Wing。」

「啊！阿Wing，你還未死嗎？」

「你沒死，我怎敢先你一步。」

「你沒死，即是立明失敗了。他還安好麼？」

「他躺在醫院裏昏迷，很可憐。」

「你不殺他？手下留情乎？」

「何止留情，是我救回他一命。不是我，他現在躺在殮房呢！你不感謝我嗎？」

「我幹嗎要感謝你？」

「我救回你的立明。」

「算了吧，阿Wing，不要瞎扯了！我猜你正在追蹤我的電話位置，還差幾秒鐘喔；可惜，你們不夠時間了，拜拜。」她「卡」的一聲就掛了線。

「追蹤到嗎？」我定睛看着R，期望她點頭。

R不點頭，也不搖頭，只是發動引擎，開車。

「在哪裏？」我再問。

「中山北路三段，雙城街46巷。」R踩油加速，「時間不足，電話的所在範圍，露絲只能收窄至一段街巷。」

「已經很好了。」我仰臉敲敲車頂，朗聲嚷道：「台灣的特工朋友，如果你們在這車上安裝了竊聽器，請你們配合行動，立即封鎖雙城街46巷。」

清晨時分的道路通暢。R把油門一踩到底，引擎轟轟作響，客貨車呼嘯地衝過南京東、西路交界，進入中山北路二段。R沒理會交通燈號，越過十字路口時，只是略為收油。由昨夜至今早，由高雄至台北，飆車之後又是飆車，對於超速、衝燈、魯莽切線、瘋狂駕駛，我已經麻木了。

同一時間，露絲來電告知，台灣特工聯同台北警察已展開行動，他們的目標是五分鐘內首先封鎖雙城街 46 巷，十分鐘內把封鎖範圍拓大至林森北路，然後逐家逐戶搜查。

剛通話完畢，我們的客貨車已衝過民權東、西路，進入中山北路三段，一分鐘內抵達雙城街。距離台灣警方封鎖雙城街，還有四分鐘，這段真空期就靠我們了。

在大同大學前面的路口，R轉檔減速，九十度右轉入德惠街，衝了一小段直路，再左轉雙城街，46巷就在雙城街盡頭，右邊是公園，左邊是住宅大廈，坤嫂不是露宿者，住宅大廈是我們的必然首選。

還差三十米便到達路口，R右手按着變速桿，右腳輕觸離合器，預備減速左轉，驀地，一個身穿綠色柳條睡衣、腳踩一雙人字拖的南亞裔漢子，從人行道步出路口，手裏拿着一柄菜刀，木無表情地擋住我們的去路。

「軋——」R緊急煞車。

她煞車，我相信，不是擔心撞傷他，也不是害怕他的菜刀，而是他——

「他是……」我除下眼鏡，用衣角抹淨鏡片。

R咬一下嘴唇，堅定地說：「他不是。」

「他長得很像……」

「只是樣貌相似，那個亞星如今關在我們的基地裏，仍然昏迷，嘉薰醫生正努力解開其異能之謎。」

亞星是坤嫂派出的殺手，往香港滅口，阻止我們追查販毒集團。(詳情請閱《毒匣》)

「這個疑似亞星的人分明阻攔我們，讓坤嫂逃跑。」我戴回眼鏡。

「我們怎辦？那個亞星刀刺不傷，子彈射不死，汽車撞不散，彈指神通制不住，身上的穴道點不透。至於這個……」

「這個不一定也有異能，即使有，我們總不能被他的菜刀一嚇，就坐在這裏什麼也不做，讓坤嫂從容遁逃吧。實在太丟臉了。」

「說的也是。我們不是膽小之輩，應該遇強不退。」R看看腕錶，「起碼多爭取一點時間，待援兵趕到。」

「好！」我拔槍在手，「衝吧！」

R匆匆在我臉上吻了一下，立即轉檔踩油，持定方向盤，驅車筆直地朝馬路中心的南亞裔漢子衝過去。

人與車的距離縮至二十米。

他雖然不是亞星，但身形、樣貌跟亞星有九成相似。亞星在荃灣沙咀道被小巴撞倒不死，還站起身打傷阿添的可怕情景，在我腦海中飛快閃過，眼前這人站着不動，全沒閃避的意圖，我們的車子撞過去，會不會如同撞在「石躉」之上？那時車頭凹陷，安全氣袋彈出把我們塞在車廂裏，他走過來舉起菜刀，一刀一個……

還有十米，我和R已沒退路，一不做，二不休，我從車窗探身而出，擎槍瞄準，未撞倒他之前，先給他一顆子彈。

「媽呀！」南亞裔漢子竟大叫一聲，丟下菜刀，飛身撲回人行道去。

客貨車直衝向路口，R隨即停車。

我和R都瞪大眼睛，張大嘴巴。

南亞裔漢子撞翻三個環保箱，狼狽地抱着廢紙、破罐、膠樽滾在地上，前額更腫起一個鴨蛋。至少證明一件事，他會受傷，並非刀槍不入。

「他不是另一個亞星。」R跳下車。

「我不是亞星，我是亞月。」南亞裔漢子顯得驚慌過度，「我是亞月，亞星是哥哥。我沒有跟哥哥去婆羅洲學法，不懂巫術。你們千萬不要傷害我。」

「你站在馬路中心幹什麼？」我踢開地上的膠樽，揪起他的衣領，粗魯地問。

「是坤嫂指使的。幾分鐘前，坤嫂講完電話，便叫我拿刀下樓。她說你們懼怕亞星，我的樣貌似亞星，你們不敢撞過來。她猜錯了。」

「坤嫂在樓上哪個單位？」

「八樓D室。」

「還有其他人嗎？」

「只有她和蘭姨兩個。」

此時，兩輛警車高速駛至，首先下車的是胖子上校。

我指着住宅大廈道：「胖……」

他乾咳幾聲，走近小聲道：「小姓武。」

「對，武上校，坤嫂與一個叫蘭姨的藏身八樓D室。」

「謝謝。交給我們處理。」武上校轉身，提高嗓門吩咐：「大家聽見啦。你，帶一隊人上樓搜捕，每人手上都要拿着坤嫂的照片，務要生擒活捉。你，帶人封鎖整條雙城街，不論男女老少，一律禁止進出。」

「遵命！」

更多警車到場，還來了一批特工。各人立刻分頭行動。

「兩位，我們找個地方坐下，靜候好音。」武上校搓揉雙手，左顧右盼，有意在附近找間小餐廳之類，一邊喝咖啡，一邊等消息。

「上校，我們希望參與逮捕行動。」R不識趣。

「隨便你們。」武上校拉長臉孔，不以為然。

一刻未逮到坤嫂，我和R一刻都不敢鬆懈。我們快步越過幾個警員，跑進大廈。大堂設有兩部升降機，一部已關門上升，另一部尚未關門，且有空位，我和R側身擠進去，把一個抱着撞門杵的年輕警員夾在中間。有人按鍵關門。

升降機上升。

升降機內的呼吸聲沉重，空氣混濁，我肯定當中一人患有臭狐。我憋住呼吸，好不容易抵達八樓，門一打開，大家都急不及待地逃出升降機。抗拒臭狐，人同此心，心同此理。

我與R站得最前，搶先走出走廊。前面，乘另一部升降機較我們早到的警員，已悄悄移向D室，其中一人在走廊的另一端截停一個掃地婦人。核對過手上的坤嫂照片，便說：「太太，警察辦事，你先行回家，遲些再掃地吧。」

「是是是。」婦人不住點頭。她的皮膚黝黑粗糙，頭髮花白，扁鼻厚唇，單眼皮，腰板挺直，身體頗也健壯。

我瞧瞧腕錶，清晨五時三十分。大清早，怎會有個婦人打掃公共走廊？要掃也掃自己的家，可疑…… 不對勁……

「小心！」R也察覺不對勁，高聲示警。

可惜，還是晚了，那婦人雙眼向上一翻，手一抖，掃帚橫拂。看不清楚她用什麼招式，剛才那警員已慘叫一聲，臉上多了三道血痕，倒地不起。

「你是蘭姨？」我估不到坤嫂身邊還有高手。

「正是老娘！你們這班走狗，受死吧！」蘭姨握着掃帚棍中央，舞起颼颼棍花，回身衝殺。

走廊狹窄，警員們堆在一塊，避無可避，又來不及拔槍抽警棍，於是，D室門外，人人中棍，個個掛彩，無一倖免，整隊警察全數仆倒門前。

「開槍射她。」我身後一人道。

另一人道：「上校吩咐，務要生擒。」

「她不是坤嫂，可以射她。」

蘭姨不待他們商量妥當，一個翻身已來到我跟前，手起帚落，一股勁風壓得我呼吸窒礙。我旋身用左手把R撥到身後，右手從身後的年輕警員手上奪過撞門杵，高舉過頭，急使一招「舉火撩天」往上一迎——

「啪……」

棍杵相交。

蘭姨挽着掃帚向後彈開，我的右臂感到一陣酸麻。這婆娘倒有一手！看時，蘭姨用掃帚頭撐地，稍為站穩馬步，旋即轉身跨步，再攻，以掃帚作長槍，使出一招疑似「楊家回馬槍」，掃帚尾直插我的咽喉。勁敵當前，一招喪命，我想也不想，掄起撞門杵，劈頭便打，回敬一招「獨劈華山」。撞門杵雖然笨重，但我自恃臂力強勁，以重制輕，以大欺小，以長勝短，以硬破脆，撞門杵「鈎」的一聲把掃帚壓落地板。掃帚棍畢竟是普通竹木製品，任她舞得如何出神入化，總抵不住撞門杵的重擊，登時裂開數截。

勝負雖分，但蘭姨的毒招層出不窮，她倒轉掃帚頭，拔出一把細長的帚針，即拔即擲。七八根暗器，瞬間已飛到胸前。我不慌不忙地棄掉撞門杵，反手抓着年輕警員的防彈背心衣扣，硬生生地把他扯到身前。

「卜……」

七根帚針插進防彈背心的胸口位置，第八根被我用食指和中指夾住，在年輕警員鼻尖之前。

年輕警員嚇得臉色蒼白，雙腿不住發抖，若非我扶着他，他早就跪在地上。

「喝！殺呀！」蘭姨大吼一聲，揮掌擊來，十片指甲，片片尖利。這婆娘渾身利器，就連一片指甲也不容小覷。

我不敢硬接，退後以避其鋒，可是後面站滿警察，才退了一步，已踏中一隻皮靴。不退便進，我腳尖一挑，喝道：「接住！當心碰崩指甲！」把撞門杵挑向蘭姨。但見蘭姨退馬旋肩，四兩撥千斤，把撞門杵卸開，「啪」的打在牆上，砸毀幾塊牆磚，濺飛一陣砂礫石屑，弄得蘭姨半臉灰塵。

蘭姨殺得性起，已不顧儀容，進馬跳步，轉守為攻。

R看準時間和位置，在蘭姨新的一招要發未發之際，閃身上前，舉槍一指，恰到好處地指着蘭姨沒灰塵的半張臉。R罵道：「你敢亂動亂叫，我一槍斃了你這個鍾無艷。」

蘭姨再利害，也敵不過子彈，惟有乖乖站定。

「銬起她。」我拾起撞門杵，大步衝向D室，揮杵擲出，「砰」的把大門撞破。

後面的警員如狼似虎的擁進單位內。

「客廳，沒人。」

「主人房，沒人。」

「客房，沒人。」

「廚房，沒人。」

「浴室，沒人。」

「書房，沒人。」

「士多房，沒人。」

沒人？我將信將疑的在住宅單位內轉了一圈，的確沒人。

坤嫂躲到哪裏去了？

回到客廳，警員把蘭姨押進來，着她坐下。

「搜不到人吧？嘻嘻……」蘭姨恥笑我們無能。

「坤嫂到底在哪兒？」R大力搖蘭姨的肩頭。

「我哪裏知道啊？台灣這麼大，坤嫂的物業那麼多，我怎知她在哪一處。她是我的老闆娘，她愛在哪兒到我管嗎？」

「混賬！」我虛劈一掌，掌風虎虎，「若不是你耽誤我們，坤嫂怎可能突破包圍？」

「你終於猜中了，真聰明啊！」蘭姨在我的掌風過處，多吹一口氣，「亞月死命守住路口，你們一定以為坤嫂仍在大廈裏。我死命守住門口，你們一定以為她仍在屋內。當下，沒人想到我們明修棧道，坤嫂暗渡陳倉。呵呵，統統都是飯桶！」

「可惡！」我真想重重的自摑一巴掌，實在太笨了，這麼容易上當。

「R、阿Wing……」武上校苦着臉進來。當然囉，傷了大批警察，卻給主犯溜掉，他的報告甚難下筆。

我們走過去，武上校低聲道：「我們同事在大廈保安室翻看CCTV錄影，發現坤嫂在五時二十五分挽着旅行袋由後樓梯離開了大廈。」

唉！五時二十五分，正是亞月攔車之時，棋差一着，坤嫂棄車保帥見效；我們勞師動眾，功敗垂成，唉！

武上校又道：「我們已聯絡交通部，希望他們的道路監測攝錄裝置，拍攝到坤嫂乘坐什麼車輛逃走。」

我抬頭看看掛牆鐘，五時四十三分，歎氣道：「十八分鐘足以逃得很遠了！而且，道路監測系統的着眼點是交通，不是治安，盲點甚多。」

「我明白……」武上校左手抱着右肘，右手摸着下巴，「那個亞月，我們已押回警察總部審問。這個蘭姨就由我們帶走吧。」

「她可口硬。」R瞅着蘭姨，「也可能所知不多。」

「警察總部裏，自有盤問專家對付他倆。」武上校揚手示意。

兩名警員一左一右把蘭姨押走。蘭姨走到門邊，回頭以歹毒的目光看我，鼻翼鼓張，嘴角勾起，樣子猙獰。我頓然打個冷顫，背脊的毛管不期然地豎起。

「乞超——」武上校打了個大噴嚏。他也心寒嗎？可是，心寒不會打噴嚏。

我給他一張紙巾。

「謝謝。」

R用手肘碰我，道：「看。」

「看什麼？」

「這邊。」R走到茶几前面，「茶几上該有一台電腦，按茶几的闊度，那是一台筆記本電腦。」

我察看茶几上下，上面空無一物，下面散着一條寬頻LAN電線、一條「火牛」電線，電線的另一端都連接牆上的插座。

「她匆忙逃走，只夠時間扯掉電線，攜走電腦，大概電腦裏的資料非常重要。」R道。

「說不定，還有一些別的資料，如拇指磁碟、文件之類，她沒時間收拾，也沒時間銷毀。來，我們試着看看是否還可以找出線索，有助追尋坤嫂或炸藥的下落。」

「兩位，不必勞煩你們了。」武上校以他龐大的身軀，擋在我們身前，「搜查工作，交給我們的特工同事吧。」

此時，一隊特工攜同搜證器材，魚貫進入屋內。警員自覺地撤離。台灣畢竟是武上校管轄的地方，人家是主，我們是客，查出坤嫂匿藏在雙城街，是我們的底牌，坤嫂逃脫了，我們已沒牌可出。從開頭，武上校已擺出一副不容外人插手的姿態，事到如今，雙方都沒線索在手，我們堅持不撤，雖有性格，但沒智慧，勉強留下，對雙方都沒好處。

「你們辛苦一晚，該餓了，到樓下找家餐室，吃一份豐富的早餐。放心，一有進展，我定會馬上相告。」不難聽出，武上校前一句是真，後一句是假。

可是——

「咕……」

我連忙按住肚子，這時間被肚腹出賣，太不像樣了。

不過，我的確餓得很呢！

3

在二十四小時營業的便利店裏，我買了紙包鮮奶和肉鬆三明治，R買了三合一即溶咖啡和火腿蛋三明治，我們倚着臨街的長枱，邊看落地玻璃外面的街景，邊吃「早餐」。

再沒有坤嫂的消息，我們大概可以收隊回香港吃中午飯。

便利店的玻璃門上貼着「支持馬英九」的海報。門外人行道旁插滿藍營的旗幟，來到台北，選情跟高雄果然不同。

馬路對面泊了一輛淺灰色的平治房車，車身最近塗上的三層水晶臘，正爽朗地反射早上六時二十四分的陽光。

房車的主人剛走進路旁的餅店，我在雜誌讀過他的專訪，他是那家餅店的第二代老闆。餅店是台北的老字號，以鳳梨酥、栗子酥、太陽餅、豬肉乾馳名。上午十時營業，老闆提早三、四小時回店裏親自打點，督導員工製餅。宣傳、裝潢等門面工夫均屬次要，說到底，食物的品質最重要。口碑佳，生意好，這條食物店的成功方程式，放諸四海皆準。每天一開舖，一車一車的旅行團遊客慕名而來，尤其大陸團旅客，要求繁多，在店裏吵吵鬧鬧；不過，他們出手闊綽，香港人買手信通常每種買幾盒，他們卻是每種買十幾箱，回去由村頭派到村尾，不難感受到台灣人對大陸旅客又愛又恨 —— 愛他們的消費力強勁，恨他們財大氣粗。愛與恨的比重，因人而異，視乎得失的多寡。

就以餅店老闆為例，大陸旅客「登台」令他的營業額倍增，得多失少，自然愛多恨少，對於大陸旅客的失儀和混亂，看在鈔票份上，絕對可以包容。至於相反的另一面，羅組長則是代表人物，眼睜睜的看着台灣「淪陷」，本來好端端的地方被弄至烏煙瘴氣，寧靜、秩序、清潔、雅致、樸實等「核心價值」，逐漸被侵蝕，長遠計，實在得不償失。我不止一次聽見偏激的台灣人說，要把大陸人驅逐出境。

我，可不是大陸人，沒玷污、侵佔台灣的土地，羅組長非殺我不可，理由竟跟坤嫂有關！坤嫂是個毒販，對維護台灣毫無貢獻。

想不通，想不通。

R納悶地問：「好吃嗎？」

「不好吃，肉鬆太鹹，麪包不夠鬆軟。」我啃下一口三明治，「只符合填飽肚子這項基本要求。」

「我的也一樣難吃，咖啡倒不錯，但無助提神。」R閉上眼睛，搓揉眼皮，「實在太累了，如果這裏有張大牀，我第一個攤上去，睡一日一夜。」

我握着她的手，低頭用下巴的鬚根刺她的手心。

「喲——」R把手縮回，帶笑作勢要打我，「痛呀。吃完東西，記緊買把剃鬚刀刮鬍子。」

「不刮。」

「為什麼？」R奇怪地盯着我的下巴。

「留下來刺你，助你提神。」

「免啦。我還是多喝一杯咖啡。」

「看來，你很欣賞這咖啡品牌。」我拾起枱上的包裝紙，印在上面的商品說明聲稱材料採用阿里山的Arabica咖啡豆。

「口感香甜醇美，不苦不澀，可媲美巴西咖啡。」R小呷一口。

「咖啡最適宜生長於南、北回歸線之間的地區及赤道附近，阿里山正正位於地球這條咖啡帶之中，海拔高，零污染，日溫差大，出產的咖啡豆自然優質。」

「阿里山的好處不止於咖啡，聽台灣朋友說，阿里山滿山是寶，山上的原住民最會善用各種草木資源。」

「這是上一代的事了。」

R反問：「原住民的上一代跟下一代，有分別嗎？」

「聽過〈高山青〉最新的版本嗎？」但見R一臉茫然，我續道：「鄧麗君所唱的舊版本是，阿里山的姑娘，美如水呀。新版本則是，阿里山的姑娘，沒一個漂亮。」

「這句歌詞改得太刻薄了。」R皺起眉頭，「山地姑娘素來貌美如花，怎不漂亮？」

「這個年頭，年輕一代的原住民都下山讀書、工作，只剩老人留在山上。老太婆怎稱得上漂亮⋯⋯咦？我想起來了⋯⋯」

「你又想到什麼刻薄的念頭？」

「不。」我摸着下巴的鬚根，「原住民，不論年長的或年輕的、留在山上的或移居平地的，都有一份濃厚的鄉土情誼。」

「對呀，那又怎樣？」

「羅組長是原住民，他同樣熱愛鄉土。我記得他自殺時臉上非常堅執的神情，說他的計劃是為了保護台灣。他用『祖靈賜給我們的寶地』來形容台灣。」

「他的想法迷信又偏激，常人難以理解。如果他愛這片土地，愛土地上的人民，就不會竊取空軍炸藥，陰謀破壞，危害人命。遺憾的是，我們仍查不出他把炸藥藏在哪裏？」

「我針對的正是這點。我想，我們可能理解錯誤，一直以為他計劃攻擊101大樓、總統府之類。他生於斯，長於斯，應該不會破壞台灣的一草一木、一磚一瓦。他仇視的是外來人，你記得嗎？我們在車上閑扯大陸旅客弄污博物院時，他的反應、言語、神情……」

「然則，那偏激分子要炸毀的是……」R流露震驚的神色，「但……他如何把炸藥運到海峽對岸？」

R問得好，我答不上口。兩岸關係外弛內張，雖然直接通航，但貨物進出口岸受到嚴密監控，運送炸藥這類危險品，按理難逃海關檢查。然而，合法途徑沒可能，非法的卻是……

「坤嫂！」我倆同時大叫，把櫃枱後面打盹的便利店職員嚇了一跳，還以為我們看見一個叫坤嫂的朋友在外面經過。

我和R同時想通了，坤嫂偷運毒品的渠道，用來偷運炸藥，絕對不成問題。

我們終於在這兩個本來毫不相干的國際毒販和台灣特工之間，找到一根把雙方連在一起的「線」。

我丟下難吃的三明治，趕快撥電高雄市——

「小刀，莫明在你身邊嗎？太好了，請你逼他交代，最近三天可有替坤嫂運貨。若有，運到哪裏？」

小刀囑我稍等，電話背景傳來「呱啦呱啦」的閩南話對答，不久，小刀回覆：「莫明說，前天他按照坤嫂的指示，在火車站的儲物櫃取了一件貨，再送給高雄港的魚哥。那是一個大號金屬箱，十分笨重。他發誓不知裏面裝着什麼。」

「魚哥是誰？」

「我知道此人，兼職打魚，正職走私，熟水路，辦事妥當，收費高，只做熟客生意。他跟我們朱哥有點交情，可以請朱哥問他。我馬上聯繫，你等我消息。」

「謝謝。」

這時候，玻璃門退開，武上校領着阿Ken和泰臣進入店內。

「你們這兩位同事開車兜過風，歸隊了。」武上校拉開雪櫃，取了樽裝綠茶。

阿Ken在貨架上挑選零食，泰臣則到櫃枱購買香煙。

R問：「搜查工作可有進展？」

「資料倒找到一些，都是關乎毒品買賣，跟空軍基地那批東西，沒關係。」

「那批東西，我們有理由相信已運出台灣。」R道。

「真的？」武上校喜形於色，「危機豈不解除了？」

「鈴——」

這次是朱哥來電，我連忙接聽。

「或許，引發更大的危機。」R給他澆冷水。

「阿Wing，我跟魚哥通過電話。魚哥說，那金屬箱子夜裏一時左右運抵福州的南台島。」

「原來運往福州的南台島。」我向R使個眼色。R會意，馬上打電話回基地。

電話裏，朱哥繼續說：「魚哥又說，他收錢運貨，不會過問或打開貨主的東西。資料就這些，希望有用。」

「極之有用，朱哥，感激萬分。」

我掛線後，武上校湊過來，低聲問：「那批東西已運到福州，是也不是？」

我點頭。

「噢，已經超出我的權限。」武上校一臉事不關己，「大陸的事，就由大陸公安煩惱吧。」

「我看，煩惱仍舊纏繞你呢！」R輕搖手上的電話，「香港的同事查到，今天下午三時，南台島的海峽國際會展中心舉行一場兩岸文化交流會，由北京來的領導人主持揭幕，聯同兩岸文化名人、中外嘉賓，幾百人參與的盛會。」

「那又怎樣？」武上校的危機意識極低。

「假設，羅組長的目標是南台島那個交流會……」泰臣忍不住插口，「現場有人引爆屬於台灣空軍的炸藥，而炸藥由台灣特工偷運入境。請你想像一下後果。」

「這……」武上校臉色大變。

「聽說下月台灣總統選舉後，兩岸領導人可能破冰會面。」阿Ken也插口，「如果發生泰臣所假設的爆炸，且傷及北京要人，破冰會面不僅難以進行，兩岸有可能因此交惡、開戰。」

「哎呀！那個羅組長…… 真是！阻止兩岸高層對話的方法很多，何必用這種極端手段？」武上校方寸大亂，錯愕地瞧着我，「既不能去大陸，我可以做些什麼？」

「大陸方面，由我們跑一趟吧。你替我們預備交通工具。」

「是。」

阿Ken要求道：「不要那架老爺直升機。」

「沒問題。」

「泰臣留在台灣追捕坤嫂，你們給他全面支援。阿Ken、R我趕赴福州。」

「我這就去報告上級，以及替你們安排飛機。」武上校跌跌撞撞地跑出便利店。

我看看三位拍檔，他們完全認同我的安排。

做事要分緩急輕重，這趟或在台灣給坤嫂逃脫，但，總有下一趟，在東南亞某個角落，她定會栽在我手上。羅組長偷運到福州的炸藥，不知落入誰人手裏，也不一定在今天發動恐怖襲擊；但若不尋回炸藥，威脅仍在，可能導致大量傷亡，影響兩岸和平，後果較坤嫂逃脫嚴重得多。既然台灣特工不便進入大陸，我們更加責無旁貸。

福州之行，捨我其誰？

V 引爆政治

危機隨時引爆，最強的特工黃金組合，
跨越大江大海，力保兩岸和平。

1

1842年，鴉片戰爭結束，曾在虎門銷毀鴉片、拒絕鴉片進口的滿清政府戰敗，視銷售鴉片為對華貿易最大項目的英國政府戰勝。雙方簽訂「南京條約」。擅長航運與不公平貿易的英國人，看中中國沿海五個港口城市：廣州、福州、廈門、寧波、上海，列明在條約之中，迫使滿清政府開放通商。

自此，福州全面與外界接觸，逐步奠下現代化發展的基礎。

自此，各國洞悉滿清政府的外強中乾，紛紛借故入侵，簽訂更多不平等條約，建立租界，逐步瓜分中國。

自此，滿清政府喪權辱國，積弱不振。在香港孕育革命思想的孫中山挺身而出，領導國民革命，救國救民。

1911年，滿清政府倒台。孫中山就任臨時大總統，着手重建國家。在他撰寫的《建國方略》當中有一項關於海港發展的：他計劃在中國的北方、東方和南方一共興建三個世界大港、四個二等海港、九個三等海港及十五個漁港。福州是其中一個二等海港，選址為南台島。孫中山的構思是：

「吾擬建此新港於南台島之下游一部，以此地地價較賤，而施最新改良之餘地甚多也。容船舶之鎖口水塘，應建設於南台島下端，近羅星塔處。閩江左邊一支，在福州城上游處應行閉塞，以集中水流，為沖刷南台島南邊港面之用……閩江上段，應加改良，至人力所能至之處為止。其下一段，自羅星塔以至於海，必須範圍整治之，以求一深三十英尺以上之水道，達於公海。於是福州可為兩世界大港間航洋汽船之一寄港地矣。」

《建國方略》於1918年寫成，而積極、具體發展南台島，則是1990年代後期的事，相隔幾近一個世紀。

1999年，中國政府的「十五規劃」，把福州的發展主題定調為「全面開發南台島，建設福州新城區」。九十年代以前，福州舊城區的範圍，局限於兩條大馬路，前不達海，後不過江。落實發展之後，大興土木，築路起橋填海建碼頭，五年過去，新城區的面積達二十六平方公里，工商業房地產一片興旺，一百八十一條公路、十一座大橋組成龐大的運輸網絡，四通八達，連接鄰近省市。新建的貨櫃碼頭躋身全國十大之列，萬噸級巨輪進出南台島，貨物經公路、鐵路轉運內陸。

南台島的高速發展，印證孫中山的高瞻遠矚，當年不少人斥之為「浪漫」、「空想」的《建國方略》，除了福州，尚有許多項目如今已變成事實。同時，這些建設亦標誌中國在二十一世紀的強大國力，與一百年前的滿清政府相比，簡直天壤之別。

我愈來愈同意露絲的推斷，羅組長策劃在南台島發動恐怖襲擊，意圖非常明確。

福州是中國大陸最接近台灣的省會城市，兩地的歷史文化淵源深厚，風俗傳統、飲食習慣都極其相近；福州人和台灣人的人脈關係，如通婚、通商等，有着千絲萬縷的關聯。在這種人脈、文脈的基礎上，福州以「海峽」命名的文化公共設施特別多，例如海峽科學館、海峽青少年活動中心、海峽婦女兒童活動中心、海峽羣藝館、海峽電影城、海峽美術館、海峽圖書館、海峽音樂廳、海峽劇場、海峽城建規劃展覽館、海峽博物館等。

有關機構舉辦林林總總的交流活動，其中一個目的，是要闡明兩岸關係血濃於水。例如，2009年舉辦的「海峽兩岸族譜聯展」，展出二千套涉及三十個姓氏的族譜，當中有趣的是，海滄石塘謝氏的譜系跟台灣民進黨「四大天王」之一的謝長廷拉上關係，潛台詞呼之欲出：「你要搞台獨，就是數典忘宗。」

故此，羅組長以台灣特工的身分，使用來自台灣空軍的炸藥，襲擊南台島的海峽國際會展中心，破壞兩岸文化交流活動，危害北京的領導人，無論在象徵和實質意義兩方面，都是極其嚴重的破壞。

倘若襲擊成事，事實擺在眼前，北京政府難以寬容。

羅組長已死，死無對證，台灣政府難以置身事外。只怕兩岸關係勢將來個大倒退，沒三通，沒交流，沒大陸團「寶島遊」，羅組長這些偏激期望，不難因此達至。

可惜，我們的推斷缺乏證據支持。

北京國安局的取態是審慎戒備。他們不同意隨便取消交流活動，只同意提升保安級別，臨時加派海軍艦艇、空軍戰機在會場附近巡邏，又把開幕禮推遲半小時，在會場內外再來一次徹底的安全檢查。

我們在上午十時半抵達南台島。當地的保安單位已展開行動，出動大批解放軍，裏裏外外地滿布海峽國際會展中心。龐大的人力資源是中國的優勢之一，自毛澤東年代開始，「人多好辦事」已確立為國內辦事的主流模式。然而，人多就一定好辦事嗎？

國內不少事故，顯示一個失衡現象：「硬件」一流，「軟件」九流。操作人員不專業導致「意外」不斷重演，實為宏偉建設背後的隱憂。

海峽國際會展中心佔地超過二千畝，地面、地下的總建築面積約四十萬平方米，分東西兩翼共八個展廳，加上位處中央的大型會議中心，範圍太大了，掛一漏萬總難避免。

　　這是，我們的擔憂。

　　不過，接待我們的林同志表現得非常樂觀、極之客氣、相當堅持。我們一到步，他便堅持帶我們到會議中心頂層的豪華休息室「休息一下」，搜查炸藥的工作由他一力承擔，着我們放一萬個心。儘管我們千里迢迢趕過來，不是為了「休息」，但人家是主，我們是客，地方屬人家的，最後決策也屬人家的，被當作「河蟹」勢所難免；而且，我們的確疲累不堪，尤其阿Ken一看見寬闊舒適的長沙發，第一時間躺上去，第二時間呼嚕呼嚕。

　　我和R相視一笑，惟有各自選一張沙發小睡片刻，但願林同志和他的同志們在我們睡醒前順利找到炸藥。

2

一覺醒來，已是中午十二時左右。阿Ken仍在呼嚕呼嚕。

正午的日光暖烘烘的，隔着厚厚的玻璃幕牆，仍感受到那份冬日的舒坦。休息過後，我的膝痛大減。不久，R也睡醒，阿漆亦趕到，剛出院的他還携來一些裝備。

林同志客氣地硬要請我們吃午飯，品嚐福州菜。這趟輪到我們堅持了。我說：「林同志，您的好意，我們心領。我們休息夠了，精神和體力都已恢復，可以工作。待兩岸文化交流會順利開幕，領導人和嘉賓平安離去，我們放下心頭大石，才跟您放開懷抱，吃喝痛快。」

圓滑的林同志深諳「進退」之道，見我們的態度堅決，隨即改口，安排我們視察他們的「安檢」工作。於是，我們兵分三路，阿Ken和阿漆分別前往東西兩翼，我和R仍讓林同志陪伴，一起到會議中心屋頂觀察整體環境。

海峽國際會展中心由德國人設計，負責施工的是「中國建築」。「中國建築」是國內著名的工程公司，代表作包括北京的「鳥巢」。會展中心的整體設計，大量應用環保節能概念，屋頂以金屬配合玻璃採光帶，部分金屬屋面還可開啟，達至自然通風、自然採光。我們沿着屋頂的維修通道繞行一圈，看見解放軍已將會展中心外圍完全封鎖，各個路口都有荷槍軍人把守，人、車、貨一律禁止內進。

除非，襲擊者在封鎖前把炸藥運入會展中心，否則，中心內部應該非常安全。如果內部的搜查又做得仔細和徹底，我們該可放心。

不過，收到阿漆和阿Ken的電話報告，我實在放心不下。就他們所見，解放軍雖然人多勢眾，但「反恐」訓練明顯不足，像臨時湊數似的，加上儀器不專業，搜查成效成疑。

果然，人多不一定好辦事。我們並沒多疑多慮。

正當我和R商量如何協助林同志加強「安檢」之際，

林同志收到主辦單位的最後通牒，無論如何要在下午一時前交還會場，讓主辦單位的工作人員作最後佈置和綵排。

林同志也不作爭拗，向我們無奈地聳聳肩頭，便透過無線電下達指令，命會議中心內的軍人全數撤離，集中人手檢查戶外地區。

事到如今，我們能夠干預的空間，微乎其微。

軍人撤退的效率極高，不消五分鐘已不見一個軍人蹤影。接着，主辦單位的工作人員和學生魚貫進場，也是「人海戰術」，一輛接一輛的旅遊巴士，載來數以百計的小學生，人人結上紅領巾，個個手執紅花球，活活潑潑，熱熱鬧鬧。為首一隊的校旗繡着「林觉民小学」。林同志安排妥當後，回到我們身旁，解釋道：「我們今早的安檢，屬已編定的保安程序以外，臨時加插。由於涉及領導人安全，主辦單位才給我們開綠燈，下午一時已是對方的死線，我們不能不撤呢！」

「您的難處，我理解。」我拍拍R的肩，「大家都盡了力，走到這一步也不容易啊。看來，該當放手的時候到了。」

R拍拍我的背。

「對對對，我們已搜了一個上午，始終沒發現。沒發現，亦算是個好消息；也許，海峽國際會展中心不是襲擊目標。」林同志陪笑取出香煙，給我遞上一根。

「我不抽煙的。謝謝。但願承你貴言。」

「那些小學生好可愛。」R指着樓下的廣場，「林覺民小學，林覺民是什麼人？」

「嗄？」我很是詫異。

林同志剛巧低頭點煙，聞言雙眼向上一反，露出一閃即逝的鄙夷眼神。

「這也難怪，你從前唸英文中學，在大學修讀法律，對中國現代史生疏，情有可原。」我連忙為R解釋。

「林覺民是個重要的人物？」R略有歉意。

「聽過黃花崗七十二烈士嗎？」我問。

「當然聽過，革命黨嘛。」

「在七十二烈士當中，有十位福州青年，史稱『福州十傑』。林覺民是其中之一。」

林同志微微點頭。

「林覺民傳誦後世的，是他寫的〈與妻訣別書〉。」我侃侃而談，「他為國為民，不惜離開愛妻，毅然走上革命的不歸路。那封寫給妻子的絕命書，字字血淚，句句情真。讀諸葛亮〈出師表〉不哭者不忠，讀李密〈陳情表〉不哭者不孝，讀林覺民〈與妻訣別書〉不哭者無情。國內和台灣的中學教科書均收錄此文，兩岸三地，獨欠香港！近年，香港的三三四新課程，更不設範文，唉！」

「那三篇文章，我全都沒讀過，真失禮。」R的歉意更大，「不忠、不孝、無情，好沉重呢！這是誰的論點？」

「前兩句出自南宋人謝枋得的文章，後一句是我阿Wing加的。」

林同志驀地肅立，扔掉香煙，向我深深作揖。他這動作絕非客氣，而是由衷的感激。

「你……」我托住他的手肘，問：「你姓林，莫非你是……」

「林覺民是我的族曾叔祖。」

「福州有句俗語，『林陳半天下，黃鄭滿街擺』。」我訝然，「福州姓林的，滿街都是，哈，偏偏這裏有位先烈後人，失敬失敬。」

「說來慚愧，我庸碌半生，一事無成，愧對先祖。」林同志收起公式化的笑容。

此時，阿Ken和阿漆來到。阿Ken瞟一眼林同志，挖苦道：「人家下班啦！我們也下班啊！」

林同志一臉慚愧，垂頭喪氣地道：「阿Wing、R、阿Ken、阿漆，真人面前不說假話，各位都是有識之士，瞞不過大家雙眼，要我們部隊明刀明槍對決，絕無問題，至於反恐，則未達專業水平，樓下的安檢存有漏洞……」

「呵，你泄露國家機密。」阿Ken調侃。

「住口。」阿漆拍打他的肚腩。

R小心翼翼地道：「他一向胡言亂語，林同志請勿介意。」

「四位，以你們的專業和經驗，可有辦法阻止爆炸，如果我們有所遺漏的話？」

辦法？我逐一以眼神詢問R、阿漆、阿Ken，我可沒辦法了，你們呢？

「嗯，今早，我在香港跟露絲、阿莫作過海峽國際會展中心的危機評估。」阿漆細細分析，「我們首先排除計時引爆，因為變數太多，例如主辦單位臨時把開幕禮推遲半小時，襲擊者計算錯誤的機會很高，搞不好，領導人還未進場，炸彈已爆炸。其次，我們大膽假設襲擊者不採用自殺引爆，畢竟台獨問題有異於伊斯蘭式的宗教狂熱。」

「有道理，不是計時引爆，也不是自殺引爆。」我右拳揮出，擊中吊在阿Ken身前的一個無形沙包。

「結論是遙控引爆。」阿Ken被我的拳風逼退三步。

「所以，阿莫給我一個信號干擾器。我們只要在會議中心啟動干擾器，一定範圍內，所有無線電通訊都會失效，襲擊者便沒法遙控引爆。」

「聽起來，這辦法可行。根據開幕禮流程，領導人上台發言和剪綵需時約十分鐘。」R盯着會場入口，「恐怖襲擊其中一個目的是製造震懾轟動。試想，當電視直播領導人在台上發言時，炸彈突然爆炸，場面一定震懾非常、轟動非常。」

阿Ken瞧着林同志，說：「就是那十分鐘。關鍵的十分鐘，我們進行信號干擾。」

「但，有一難題，我們若啟動干擾器，後果將會有殺錯，沒放過，就連保安人員的通訊器也一併失效。」阿漆也瞧着林同志，「保安單位會同意嗎？你們肯冒這個險嗎？」

我以商量的口吻對阿漆說：「保安單位多數不同意，我們要暗中進行信號干擾，到時保安指揮與保安人員之間失去聯絡，不能即時調撥人手。有關方面日後知道是我們所為，秋後算賬，我們就要揹黑鍋。」

剛燃着另一根香煙的林同志，再把香煙扔掉，用尾指挖挖耳孔，道：「哎，我的耳朵突然閉塞了，什麼也聽不到。最近頻頻出現這個症狀。都是吸煙之過，醫生經常勸我戒煙，我老是不聽，現在又出毛病了。我要找醫生檢查一下，你們自便吧。」

我本想禮貌地慰問他一句，他既然聽不見，便把「保重身體」吞回肚子裏。

林同志扶着金屬欄杆慢慢離開屋頂，走到維修通道盡頭，點了一根香煙，叼在口裏，才爬下鐵梯。

*　　　*　　　*

下午二時正，大部分解放軍已經返回軍營，只剩下在各個路口站崗的，但保安鬆懈，有些軍人坐在軍車上吃盒飯，有些蹲在車旁吸煙。人、車、貨進出自如。如果，這個時間，襲擊者把炸藥偷運進會議中心，成功的機會甚大，不過，成功偷運，不等於成功收藏、安裝，因為穿制服的撤走，大批便衣公安進駐，加上工作人員，會場內外人來人往，襲擊者不可能在眾目睽睽之下安裝炸藥。

我們回到會議中心的休息室，商量下一步如何部署。

林同志不便在場參與，他若知悉我們的談話內容而不阻止，難以向上司下屬交代。一小時前，他已在我們的視線範圍內消失，大概忙於找醫生檢查耳朵吧。

*　　*　　*

「歡迎——歡迎——熱烈歡迎——歡迎——歡迎——熱烈歡迎——」

下午二時半，小學生的「歡迎」聲，響徹雲霄。他們不僅聲音一致，動作亦一致。第一個「歡迎」舉左手，第二個「歡迎」舉右手，「熱烈歡迎」雙手齊舉。紅彤彤的布花球揚起一片紅色的汪洋。你若是外來嘉賓，在小學生的「夾道歡迎」之間穿過，受到熱烈的氣氛感染，或會享受一份備受羣眾愛戴的榮譽。

主辦單位雖然把開幕禮推延至下午三時半開始，但早已發出的請柬印着三時正沒法更改，嘉賓提早半小時到場，乃是赴會的禮貌。

幸而主辦單位預備周到，在舉行開幕禮的會議中心擺設酒會，提供飲料、小吃，還有文娛表演。嘉賓邊等邊吃邊喝邊聊天，很容易打發時間，況且領導人專程由北京南下，能夠近距離一睹領導人的風采，多等半小時也絕對值得。

我們四人各自就位。

阿Ken的崗位最悠閒，但最重要，他拿着信號干擾器，躺在休息室的長沙發上，不能打盹，不能分神，一收到R的指示便立即按鍵，令整棟會議中心的無線電通訊失效，阻截襲擊者遙控引爆炸藥，責任重大。

R留守會議中心的典禮會場，審度情勢，決定何時啟動信號干擾，責任同樣重大。太早干擾的話，保安單位追蹤干擾來源，發現我們「搞破壞」，勢必沒收阿Ken的儀器，到時，再沒方法阻截爆炸；相反，太遲下決定，給襲擊者着了先機，成功遙控引爆，那時會議中心玉石俱焚，死傷慘重。我們不單性命難保，更甚者，導致兩岸交惡，危及海峽和平，後果嚴重。所以，R的決定要絕對準確、適時。

至於我和阿漆携着望遠鏡，守在會議中心屋頂。就恐怖分子心理作過的分析，襲擊者或會選擇在一個安全距離遙控引爆，欣賞自己的「傑作」—— 目睹會展中心爆炸、起火、倒塌 —— 滿足其嗜血變態心理。我們居高臨下，監視四周的可疑人物。阿Ken的信號干擾阻止襲擊者引爆，屬於防守戰術。我們負責轉守為攻，除了阻止襲擊者濫殺無辜以外，還主動出擊，將他繩之於法。雖然這位置風很大，且有點冷，但我和阿漆非常願意堅守崗位。

「乞超 ——」

着涼打噴嚏的，不是我，是阿漆。

「也不是我，是站在那邊的軍方狙擊手。」

*　　　*　　　*

下午三時，一列五輛的黑色紅旗牌房車所組成的車隊，由公安警車開路，浩浩蕩蕩地駛過解放大橋。

千吹萬喚，領導人終於來了。

樓下的工作人員想必收到通知，忙於奔走相告。廣場上的小學生，情緒再度高漲，紛紛拉直衣衫，繫緊紅領巾，在老師、領隊的指揮下，鬆散的隊形瞬即整頓。人人肅立，個個端正，個子不高的，踮直腳尖，伸長脖子，睜大眼睛，眺望連接大橋的閩江濱東大道。大部分群眾第一次面見領導人，流露出望眼欲穿的心情。沒多久，車隊在大道盡頭出現——

「歡迎——歡迎——熱烈歡迎——歡迎——歡迎——熱烈歡迎——」不知是誰開始吶喊，總之一呼百應。

以爆炸摧毀盼望？就在此時引爆？還不是時候。

車隊轉入海峽國際會展中心的單程車路，領導人搖下車窗，向民眾揮手致意。

小學生使勁地喊「歡迎」，大力地揮舞紅布球。手上沒紅布球的工作人員和嘉賓則鼓掌歡迎。場上眾人無不興高采烈，臉上盡是喜慶的笑容。

以爆炸吞噬歡笑？就在此時引爆？還差一點點。

領導人的座駕正正的停在會議中心門外。後座車門正正的對準紅地毯。車門拉開，領導人慢慢步出車廂，站定，向廣場上的羣眾揮手。

儀仗隊開始奏國歌，眾人立正，我們和屋頂的軍方狙擊手當然除外。

「起來！不願做奴隸的人們！把我們的血肉，築成我們新的長城！中華民族到了最危險的時候，每個人被迫着發出最後的吼聲。起來！起來！起來！」

以爆炸掩蓋歌聲？就在此時引爆？傷害仍不夠大。

「我們萬眾一心，冒着敵人的炮火，前進！冒着敵人的炮火，前進！前進！前進！進！」

國歌唱畢，領導人跟一字排開的主辦領導、地方幹部、重要嘉賓逐一親切握手，一邊握手，一邊進入會場，逐步走出我們的視線範圍。

阿漆扭開袖珍電視機，收看直播——

屏幕顯示，領導人已經就座。漂亮的司儀小姐以甜美而嘹亮的聲線，宣布兩岸交化交流開幕典禮隆重揭幕，並恭請領導人上台發言。

在一片掌聲之中，領導人從座位站起來。攝影機的閃燈閃爍不停。直播鏡頭以近鏡跟隨領導人敦實的步伐，以特寫捕捉領導人儒雅的神態，全國焦點都集中於這個直播鏡頭。領導人踏上前面擺滿花牌、花籃的主禮台，司儀小姐為他調整麥克風的高度。領導人得體地點頭致謝，從衣袋裏取出講稿，攤開放在講台的斜板之上，看一眼台下，開腔說道：「先生們，女士們，大家好。」

是時候了！

「阿Ken，動手！」R透過通話器下令。

「……」

通話器傳來沙沙雜訊，電視屏幕雪花點點。

屋頂的狙擊手除下耳機，檢查無線電的接收功能，表情古怪；樓下的便衣公安疑惑地把手探進衣服裏，嘗試轉換無線電頻道；廣場上，前一刻仍在談手提電話的人，不解地按鍵，希望重新通話。

他們都不是我們的目標人物。

我和阿漆提起望遠鏡，一左一右的以會議中心為起點，一路向外作扇形搜尋，行人通道、廣場、花圃、公車站、車路、停車場，都沒發現。

視野愈拉愈遠，範圍愈搜愈闊，至閩江濱東大道兩旁——有人在路口掃垃圾，有人在路旁談手提電話……我在停車場上停住目光，剛才，停車場上也有人談手提電話，但這刻有一人坐在汽車裏，不停地按鍵，我用手肘碰碰身後的阿漆，問：「停車場會否受到阿Ken的儀器干擾？」

「太遠了，那兒不屬干擾範圍。」阿漆肯定地回答。

我再看那四十來歲、蓄短髮的男子，仍拿着手提電話，在按鍵，樣子有點焦躁。我敢斷定，他的手提電話沒問題，問題出於他打算接通的電話，那個電話受到干擾，不能正常接收來電信號。以電話信號引爆炸彈，是恐怖分子慣用的手法。他會不會打電話給會議中心裏的朋友？有這可能，但不似。直覺告訴我，就是他！捉拿罪犯，五成憑證據，五成憑直覺，直覺建基於經驗，我有相當把握，他就是襲擊者。

「就是他了！」我擲掉望遠鏡，「停車場的西北角，灰色房車之內。」我奔到屋頂另一邊，抓起預先繫緊欄杆的繩索，把另一端繩頭扣在腰帶之上，縱身躍下。我的動作要快，但不能引起襲擊者的注意，故在會議中心背面「落樓」。快要着地時，腰間一緊，繩索剛盡，計算準確，離地尚有兩米。我乘着下墜的離心力，順勢盪向玻璃幕牆，左腳往牆身一點，身子向外盪開，在空中鬆開繩扣、跳下，恰到好處的落在側門前，把兩名路過的女招待員嚇了一跳。我穿過側門，穿過走廊，從大樓的另一邊穿出廣場，隨即減速，改以急步朝停車場走去。

灰色房車仍在，車上我認定的襲擊者已收起手提電話，沒察覺我正逐漸逼近。阿漆身上有傷，輕功又弱，不能像我一樣「飛」下來，我等不及他了。況且襲擊者剛啟動引擎，他電話打不通，一定感覺不妥，想溜。我得趕快。他的車子開始移動。我亦不再掩藏，開步發力直衝過去，擋在車前。他隔着擋風玻璃瞅我一眼，想也不想便全力朝我方向加速。我大吃一驚，慌忙閃避，飛身跳進花圃裏，踩了滿腳泥巴。

廣場上的便衣公安察覺了異樣，馬上趕過來，可惜晚了一步，給房車轉入單程路，望大路逃去。路口，只有一個在路旁打掃落葉的清道夫。難道那個清道夫就是拘捕襲擊者的惟一指望了？

太滑稽了。

然而，世事往往如此滑稽，正當我們眼巴巴看着襲擊者逃脫之際，那清道夫突然拋下竹掃帚，擲掉草帽，咬着煙頭，跳出車路中心攔住房車去路。襲擊者當然不會停車。清道夫竟從腰間拔出手槍。看清楚，原來是林同志，他沒去找醫生，改為假扮清道夫掃街！怪不得我們沒一個見過他。

林同志瞄準房車的輪胎。

「砰——」

輪胎中彈破裂，房車失控，撞上人行道，車頭毀爛，鐵欄彎折。五、六個便衣公安擁過去，扯開車門，拔去車匙，制伏襲擊者。

林同志喊道：「要活的！」

便衣公安把襲擊者拉出車廂，有人鎖手銬，有人綑麻繩，有人貼牛皮膠紙，七手八腳、三扒兩撥的便把他五花大綁，再合力把他扛上一輛開至的警車。由林同志開槍至警車開走，前後不超過一分鐘，廣場上的人還未搞清楚什麼一回事，警車已載着襲擊者駛進西翼地庫某個祕密地點。

他們抓人的效率真高！

3

公安嚴加審問之下，襲擊者招供了。

他們稍後找到炸藥，移走，沒驚動一名賓客。

炸藥藏在主禮台前眾多花籃之中。襲擊者在最後綵排時，假扮送花籃的工人，把炸藥運進會場，那時保安鬆懈，便給他有機可乘。

至於襲擊者是什麼人？他跟羅組長有什麼關係？在福州還有沒有同黨？如何處置他？諸如此類的問題，留給兩岸情報、執法機關追查和協商。

危機化解了，我們可以功成身退。

遺憾的是，泰臣從台北來電，台灣特工仍在努力追尋坤嫂，換句話說，坤嫂逃脫的機會很大。還是那句，來日方長，終有一日，在東南亞某個角落，她會栽在我手裏。

現在，辛苦了一日一夜，應該——

「大吃大喝，吃盡福州地道名菜！」阿Ken大叫。

「福州菜有什麼好吃的？」阿漆問。

林同志答道：「多的是，例如佛跳牆、紅糟雞、淡糟香螺片……」

「咕……」不知是誰的肚子雷鳴鼓響。

「我想吃福州魚丸，比較一下，台灣的福州魚丸跟福州的福州魚丸，有何不同。」我道。

「當然是福州的好吃啦！」林同志一拍胸膛，「我帶你們去一家百年老店，保證大飽口福。」

「等一等，林同志。」R道。

「什麼？」

「不存着任何歧視，但這身骯髒……」

「啊！對不起，我這就去換衣服，請給我五分鐘。」

「給您十分鐘，記得洗手。」R道。

「十分鐘，不單止洗手，洗澡也足夠。」

「我不信，我替您計時。」我看着腕錶，此刻是——

下午五時零一分二十六秒。

不知不覺間，白日將盡，新的一夜又臨近了。

作者電郵，歡迎聯絡：
forhing@gmail.com

後記

梁科慶

雲姨（黃慶雲）和梁嘉男為《裂島》寫序，一老一少的配搭，挺有意思。

雲姨是香港兒童文學之寶，1941年主編香港第一份兒童文學雜誌《新兒童》。早在1938年，她已開始童話創作，首篇作品〈跟着我們的月亮〉乃為般含道「小童羣益會」的孤兒而寫。實實在在地，她執筆寫作時，我和你都還沒出生。今年九十三歲的她依然筆耕不輟，去年一口氣出版兩本童話集《童年的花園》和《英雄樹唱歌》，可不簡單呢！

雲姨筆齡長，出道早，不足二十歲當雜誌主編。十五歲考入中山大學中文系，已故的國學大師羅慷烈也是中山大學校友，但入學較晚，羅公生前還稱呼雲姨一聲「學姊」。

雲姨著作等身，作品不僅多，而且水平高、文字美、創意新，篇篇佳作。我敢說，香港當代寫兒童文學、青少年文學的作者，沒一個及得上她。得到她為《裂島》寫序，對於我這個後後後輩，是個莫大的鼓勵。

雲姨是資深作者，梁嘉男則是資深讀者。

梁嘉男讀初中時開始給我寫電郵，跟我討論「Q版特工」和基督信仰，又在網上開設討論區、成立書迷會。有一年書展，他一早排隊進場，成為全球首個購買《M殺令》的人。最令我吃驚的是，他熟悉「Q版特工」的程度，可用滾瓜爛熟來形容，身為原作者的我亦自歎不如。後來，我到他就讀的中學演講，初次見面，也是大談「Q版特工」。那時，我倚老賣老，忍不住勸他一句，小說是消閒之物，應以學業為重。誰知，他一臉認真地回應，他的學業成績很好，尤以數學科最佳。數年後，他考上香港中文大學數學系，以行動證明，沒因「Q版特工」而荒廢學業。

今天，梁嘉男雖是大學生，在我眼中，他還是當日那個傻裏傻氣的小夥子。我看梁嘉男，正如雲姨看我，同樣是毛頭小子，少不更事。

別的領域（例如足球）會有年齡限制，亨利三十四歲時回歸阿仙奴，出場十分鐘便射入致勝的一球，成為英超佳話，可是到了四十四歲呢？他還跑得動嗎？文學這門明顯不同，年齡限制幾乎不存在，老的、少的，喜歡讀就讀，喜歡寫就寫；而且筆愈老愈健，眼界愈老愈通透。

近日，破格電視劇《天與地》裏Dr Dylan（Joe Junior飾演）的「金句」：This city is dying，引起一陣迴響。Dr Dylan還說，Rock and roll never dies。我不懂音樂，不敢說，但我懂文學，文學同樣never dies。如果這城市仍有人喜愛文學，這城市便有希望，愈多年輕人喜愛文學，這城市愈見朝氣、活力。